KB236501

_______________ 님께
선물합니다.

채만식을 쓰다

채만식을 쓰다

채만식을 쓰다

블랙에디션

일러두기

1. 이 책은 한국 근대 문학 작품을 필사할 수 있도록 구성한 '한국 문학 필사' 시리즈의 한 권입니다.

2. 수록된 글은 원문을 최대한 존중하되 일부 현대 문법과 일치하지 않는 표기 방식과 어휘는 현행 표준에 맞게 조정했습니다. 작품의 의미와 문체적 특징이 훼손되지 않도록 수정은 최소한의 범위에서 이루어졌습니다.

3. 본 시리즈는 독자가 문장을 직접 따라 쓰는 과정을 통해 한국 문학을 보다 넓고 깊게 만날 수 있도록 돕는 것을 목적으로 합니다.

목차

레 디 메 이 드 인 생

1

“뭐 어디 빈자리가 있어야지.”

K사장은 안락의자에 폭신 파묻힌 몸을 뒤로 벌떡 젖히며 하품을 하듯이 시원찮게 대답을 한다. 미상불 그는 두 팔을 내뻗고 기지개라도 한번 쓰고 싶은 것을 겨우 참는 눈치다.

이 K사장과 둥근 탁자를 사이에 두고 공손히 마주 앉아 얼굴에는 ‘나는 선배인 선생님을 극히 존경하고 앙모합니다’ 하는 비굴한 미소를 띠고 있는 구변 없는 구변을 다하여 직업 동냥의 구걸(求乞) 문구를 기다랗게 늘어놓던 P…… P는 그러나 취직 운동에 백전백패(百戰百敗)의 노졸(老卒)인지라 K씨의 힘 아니 드는 한마디의 거절에도 새삼스럽게 실망도 아니한다. 대답이 그렇게 나왔으니 인제 더 졸라도 별수가 없는 것이지만 헛일 삼아 한마디 더 해보는 것이다.

“글쎄올시다. 그러시다면 지금 당장 어떻게 해주십사고 무리하게 조를 수야 있겠습니까마는…… 그러면 이담에 결원이 있다든지 하면 그때는 꼭…….”

이렇게 말하고 P는 지금까지 외면하였던 얼굴을 돌리어 K사장을 조심성 있게 바라보았다. 그러나 K사장은 위선 고개를 좌우로 두어 번 흔들고는 여전히 하품 섞인 대답을 한다.

"결원이 그렇게 나나 어디…… 그리고 간혹 가다가 결원이 난다더라도 유력한 후보자가 몇십 명씩 밀려 있어서……."

P는 아무 말도 아니하고 고개를 숙였다. 인제는 영영 틀어진 것이다. '안녕히 계십시오' 하고 일어서는 것밖에는 별수가 없다.

별수가 없이 되었으니 "네 그렇습니까" 하고 선선히 일어서야 할 것이지만 지금까지의 은근히 모시고 있던 태도에 비하여 그것이 너무 낯간지러운 표변임을 알기 때문에 실망이나 하는 체하고 잠시 더 앉아 있는 것이다.

"거 참 큰일 났어."

K사장은 P가 낙심해하는 것을 보고 밑천이 들지 아니하는 일이라서 알뜰히 걱정을 나누어준다.

"저렇게 좋은 청년들이 일거리가 없어서 저렇게들 애를 쓰니."

P는 속으로 코똥을 '흥' 하고 뀌었으나 아무 대답도 아니하

였다. K사장은 P가 이미 더 조르지 아니하리라고 안심한지라 먼저 하품 섞어 "빈자리가 있어야지" 하던 시원찮은 태도는 버리고 그가 늘 흉중에 묻어 두었다가 청년들에게 한바탕씩 해 들려주는 훈화를 꺼낸다.

"그렇지만 내가 늘 말하는 것인데…… 저렇게 취직만 하려고 애를 쓸 게 아니야. 도회지에서 월급 생활을 하려고 할 것만이 아니라 농촌으로 돌아가서……."

"농촌으로 돌아가서 무얼 합니까?"

P는 말 중동을 갈라 불쑥 반문하였다. 그는 기왕 취직 운동은 글러진 것이니 속 시원하게 시비라도 해보고 싶은 것이다.

"허 저게 다 모르는 소리야…… 조선은 농업국이요, 농민이 전 인구의 팔 할이나 되니까 조선 문제는 즉 농촌 문제라고 볼 수 있는데, 아 지금 농촌에서 할 일이 오죽이나 많다구?"

"저는 그 말씀 잘 못 알아듣겠는데요. 저희 같은 사람이 농촌에 가서 할 일이 있을 것 같잖습니다."

"그럴 리가 있나! 가령 응…… 저……."

K사장은 끝내 대답을 하지 못한다. 그것은 무리가 아니다.

그가 구직하러 오는 지식 청년들에게 농촌으로 돌아가 농촌

사업을 하라는 것과(다음에 또 꺼내는 일거리를 만들라는 것은) 결코 현실에서 출발한 이론적 근거가 있는 것이 아니었다. 그저 지식 계급의 구직꾼이 넘치는 것을 보고 막연히 '농촌으로 돌아가라' '일을 만들어라'고 해왔을 따름이다. 따라서 거기에 대한 구체적 플랜이 있는 것도 아니었던 것이다. 한편으로는 한 행세거리로 또 한편으로는 구직꾼 격퇴의 수단으로 자룡이 헌 창 쓰듯 썼을 뿐이지…….

그리하여 그동안까지는 대개는 그 막연한 설교를 들은 성만 성하고 물러가는 것이 그들의 행투였었는데 오늘 이 P에게만은 그렇지가 아니하여 불가불 구체적 설명을 해주어야 하게 말머리가 돌아선 것이다. 그래서 그는 떠듬떠듬 생각해가면서 생각나는 대로 주워섬기는 것이다.

"가령 응…… 저……. 문맹 퇴치 운동도 있지. 농민의 구 할은 언문도 모른단 말이야! 그리고 생활 개선 운동도 좋고…… 헌신적으로."

"헌신적으로요?"

"그렇지…… 할 테면 헌신적으로 해야지."

"무얼 먹고 헌신적으로 그런 사업을 합니까?…… 먹을 것이

있어서 그런 농촌 사업이라도 할 신세라면 이렇게 취직을 못해서 애를 쓰겠습니까?”

“허! 그게 안 된 생각이야…… 자기가 먹고 살 재산이 있으면서 사회를 위해서 일도 아니하고 번들번들 논다는 것은, 그것은 타락된 생각이야.”

P는 K사장의 억단을 내세우는 것을 보고 속으로 싱그레 웃었다.

“그렇지만 지금 조선 농촌에서는 문맹 퇴치니 생활 개선이니 합네 하고 손끝이 하얀 대학이나 전문학교 졸업생들이 모여오는 것을 그다지 반겨하기는커녕 머릿살을 앓을 것입니다. 농민이 우매하다든지 문화가 뒤떨어졌다든지 또 생활이 비참한 것의 근본 원인이, 기역 니은을 모른다든가 생활 개선을 할 줄 몰라서 그런 것이 아니니까요. 그리고 조선의 지식 청년들이 모두 그런 인도주의자가 되어집니까?”

“되면 되지 안될 건 무어야?”

“그건 인도주의란 그것이 한개 공상이니까 그렇겠지요.”

“허허…… 그러면 P군은 ××주의잔가?”

“되다가 찌부러진 찌스레깁니다. 철저한 ××주의자라면 이

렇게 선생님한테 와서 취직 운동도 아니합니다.”

“못써. 그렇게 과격한 사상으로 기울어서야 쓰나…… 정 농촌으로 돌아가기가 싫거든 서울서라도 몇 사람 마음 맞는 사람이 모여서 무슨 일을─조국에 신문이 모자라니 신문을 하나 경영하든지 또 조그맣게 하자면 잡지 같은 것도 좋고 또 영리사업도 좋고…… 그러면 취직 운동하는 것보담 훨씬 낫잖은가?”

“좋을 줄이야 압니다만 누가 돈을 내놉니까?”

“그거야 성의 있게 하면 자연 돈도 생기는 거지.”

P는 엉터리없는 수작을 더 하기가 싫어 웬만큼 말을 끊고 일어섰다.

속에 있는 말을 어느 정도까지 활활 해준 것이 시원은 하나 또 취직이 글렀고나 생각하니 입안에서 쓴 침이 고여나온다.

복도에서 편집국장 C를 만났다. P는 C와 각별히 사이가 가까운 터이었다.

“사장 만나러 왔소?”

C는 묻는 것이다.

“아─니.”

P는 거짓말을 하였다. 그는 지금 K사장을 만나 거절당한 이야기를 하기가 어쩐지 창피하기도 할 뿐 아니라 또 전부터 C더러 K사장에게 자기의 취직 운동을 부탁해왔던 터인데 직접 이렇게 찾아와서 만났다고 하기가 혐의쩍기도 하여 시치미를 뚝 뗀 것이다.

“아주 단념하오.”

C는 자기에게 부탁한 취직 운동을 단념하란 말이다. 그러면 벌써 C가 K사장에게 이야기를 하였고 그 결과 일이 틀어진 것을 P는 모르고 와서 헛노릇을 한바탕 한 것이다. P는 먼저 C를 만나보지 아니하고 K사장을 만난 것을 후회했다. C는 잠깐 멈췄던 말을 계속한다.

“어제 아침에 사장더러 P군의 사정이 퍽 난처하니 어떻게 생각해 봐주면 좋겠다고 여러 말을 했다가 코 떼었소. 신문사가 구제 기관이 아닌데 남의 사정이 난처한 것을 어떻게 하라느냐고 그럽디다…… 하기야 그게 옳은 말이지만…….”

신문사가 구제 기관이 아니라고 한다는 그 말이 P의 머리에는 침 끝으로 찌르는 것같이 정신이 들게 울리었다.

“흥! 망할 자식들!”

P는 혼잣말로 이렇게 투덜거리며 C와 작별도 아니하고 밖
으로 나와버렸다.

2

P는 광화문 네거리의 기념비각(紀念碑閣) 옆에서 발길을 멈
추고 망설였다. 어디로 갈까 하는 것이다.

봄 하늘이 맑게 개었다. 햇볕이 살이 올라 포근히 온몸을 싸
고돈다. 덕석같은 겨울 외투를 벗어버리고 말쑥말쑥하게 새로
지은 경쾌한 춘추복의 젊은이들이 봄볕처럼 명랑하게 오고 가
고 한다.

멋쟁이로 차린 여자들의 목도리가 나비같이 보드랍게 나부
낀다. 그 오동보동한 비단 다리를 바라다보노라니 P는 전에
먹던 치킨 카츠가 생각이 났다.

창을 활활 열어젖힌 전차 속의 봄 사람들을 보니 P도 전차
를 잡아타고 교외나 나가고 싶었다. 그러나 크림 맛을 못 본

지 몇 달이 된 낡은 구두, 구기적거린 양복 바지, 양편 포켓이 오뉴월 쇠 불알같이 축 처진 양복저고리, 땟국 묻은 와이샤쓰와 배배 꼬인 넥타이, 엿장수가 이 전어치 주마던 낡은 모자, 이렇게 아래로부터 훑어 올려보며 생각하니 교외의 산보는커녕 얼핏 돌아가서 차라리 이불을 뒤쓰고 드러눕고만 싶었다.

마침 기념비각 앞에 자동차 하나가 머물더니 서양 사람 내외가 내린다. 그들은 사내가 설명을 하고 여자가 듣고 하면서 기념비각을 앞뒤로 구경한다. 여자는 사진까지 찍는다. 대원군이 만일 이 꼴을 본다면…… 이렇게 생각하매 P는 저절로 미소가 입가에 떠올랐다.

3

대원군은 한말(韓末)의 '돈키호테'였다. 그는 바가지를 쓰고 벼락을 막으려 하였다. 바가지는 여지없이 부스러졌다. 역사는 조선이라는 조그마한 땅덩이나마 너무 오래 뒤떨어뜨려

놓지 아니하였다.

갑신정변(甲申政變)의 싹이 트기 시작하여가지고 일한합방의 급격한 역사적 변천을 거치어 자유주의의 사조는 기미년에 비로소 확실한 걸음을 내어디디었다.

자유주의의 새로운 깃발을 내어걸은 '시민(市民)'의 기세는 등등하였다.

"양반? 흥! 누구는 발이 하나길래 너희만 양발(반)이라느냐?"

"법률 앞에서는 만인이 평등이다."

"돈…… 돈이 있으면 무어든지 할 수 있다."

신흥 부르주아지는 민주주의의 간판을 이용하여 노동자 농민의 등을 어루만지고 경제적으로 유력한 봉건귀족과 악수를 하는 동시에 지식 계급을 대량으로 주문하였다.

유자천금이 불여교자일권서(遺子千金不如敎子一券書)라는 봉건 시대의 진리가 자유주의의 세례를 받아 일단의 더 발전된 얼굴로 민중을 열광시켰다.

"배워라, 글을 배워라…… 지식만 있으면 누구나 양반이 되고 잘살 수가 있다."

이러한 정열의 외침이 방방곡곡에서 소스라쳐 일어났다. 신문과 잡지가 붓이 닳도록 향학열을 고취하고 피가 끓는 지사(志士)들이 향촌으로 돌아다니며 세치의 혀를 놀리어 권학(勸學)을 부르짖었다.

"배워라! 배워야 한다. 상놈도 배우면 양반이 된다."

"가르쳐라! 논밭을 팔고 집을 팔아서라도 가르쳐라. 그나마도 못하면 고학이라도 해야 한다."

"공자왈 맹자왈은 이미 시대가 늦었다. 상투를 깎고 신학문을 배워라."

"야학을 실시하여라."

재등(齋藤) 총독이 문화정치의 간판을 내어걸고 골고루 학교를 증설하였다.

보통학교의 교장이 감발을 하고 촌으로 돌아다니며 입학을 권유하였다. 생도에게는 월사금을 받기는커녕 교과서와 학용품을 대어주었다.

민간의 유지는 돈을 거둬 학교를 세웠다. 민립대학도 생기려다가 말았다. 청년회에서 야학을 설시하였다. '갈돕회'가 생겨 갈돕만주 외우는 소리가 서울의 신풍경을 이루었고 일반은

고학생을 존경하였다.

여학생이라는 새 숙어가 생기고 신여성이라는 새 여인이 생겨났다.

이와 같이 조선의 관민이 일치되어 민중의 지식 정도를 높이는 데 진력을 하였다. 즉 그들 관민이 일치하여 계획한 조선의 문화 정도는 급속도로 높아갔다.

그리하여 민중의 지식 보급에 애쓴 보람은 나타났다.

면서기를 공급하고 순사를 공급하고 간이농업학교 출신의 농사 개량 기수(技手)를 공급하였다.

은행원이 생기고 회사 사원이 생겼다. 학교 교원이 생기고 교회의 목사가 생겼다.

신문기자가 생기고 잡지기자가 생겼다. 민중의 지식 정도가 높았으니 신문 잡지 독자가 부쩍 늘고 의사와 변호사의 벌이가 윤택하여졌다.

소설가가 원고료를 얻어먹고 미술가가 그림을 팔아먹고 음악가가 광대의 천호(賤號)에서 벗어났다.

인쇄소와 책장사가 세월을 만나고 양복점 구둣방이 늘비하여졌다.

연애결혼에 목사님의 부수입이 생기고 문화 주택을 짓느라고 청부업자가 부자가 되었다. 그리하여 부르주아지는 가보를 잡고 공부한 일부의 지식군은 진주(다섯 끗)를 잡았다.

그러나 노동자와 농민은 무대를 잡았다. 그들에게는 조선의 문화의 향상이나 민족적 발전이나가 도리어 무거운 짐을 지워 주었을지언정 덜어주지는 아니하였다. 그들은 배(梨) 주고 속 얻어먹은 셈이다.

인텔리…… 인텔리 중에도 아무런 손끝의 기술이 없이 대학이나 전문학교의 졸업증서 한장을 또는 조그마한 보통 상식을 가진 직업 없는 인텔리…… 해마다 천여 명씩 늘어가는 인텔리…… 뱀을 본 것은 이들 인텔리다.

부르주아지의 모든 기관이 포화상태가 되어 더 수효가 아니느니 그들은 결국 꾀임을 받아 나무에 올라갔다가 흔들리우는 셈이다. 개밥의 도토리다. 인텔리가 아니었으면 차라리……(日帝時 九字 削除: 編輯者 註) 노동자가 되었을 것인데 인텔리인지라 그 속에는 들어갔다가도 도로 달아나오는 것이 99프로다. 그 나머지는 모두 어깨가 축 처진 무직 인텔리요, 무기력한 문화 예비군 속에서 푸른 한숨만 쉬는 초상집의 주인 없는

개들이다. 레디메이드 인생이다.

4

"제길—"

P는 혼자 두덜거리며 지금까지 섰던 기념비각 옆을 떠났다.

(日帝時 六行 削除: 編輯者 註)

P는 자기 자신이고 세상의 모든 일이고 모두 짜증이 나고 원수스러웠다.

광화문 큰거리를 총독부 쪽으로 어실어실 걸어가노라니 그의 그림자가 짤막하게 앞에 누워 간다. P는 그 자기의 그림자를 콱 밟고 싶었다. 그러나 발을 내어디디면 그림자도 그만큼 앞으로 더 나가곤 한다. 이 그림자와 자기 자신에서 그리고 그림자를 밟으려는 자기 자신과 앞으로 달아나는 그림자에서 P는 자기의 이중인격의 모순상을 발견하였다.

동십자각 옆에까지 온 P는 그 건너편 담배가게 앞으로 갔다.

“담배 한 갑 주시오.”

하고 돈을 꺼내려니까 담배가게 주인이,

“네, 마꼬입니까?” 묻는다.

P는 담배가게 주인을 한번 거들떠보고 다시 자기의 행색을 내려 훑어보다가 심술이 번쩍 났다. 그래서 잔돈으로 꺼내려던 것을 일부러 일 원짜리로 꺼내드는데 담배가게 주인은 벌써 마꼬 한 갑 위에다 성냥을 받쳐 내어민다.

“해태 주어요.”

P는 돈을 들이밀면서 볼멘소리를 질렀다. 그러나 담배가게 주인은 그저 무신경하게 “네에.” 하고는 마꼬를 해태로 바꾸어주고 팔십오 전을 거슬러다 준다.

P는 저편이 무렴해 하지 아니하는 것이 더욱 얄미웠다.

그는 해태 한 개를 꺼내어 붙여 물고 다시 전찻길을 건너 개천가로 해서 올라갔다. 인제는 포켓 속에 남은 것이 꼭 삼 원하고 동전 몇 푼이다. 엊그제 겨울 외투를 사 원에 잡혀서 생긴 것이다.

방세와 전깃불 값이 두 달치나 밀리었다. 삼 원은 방세 한 달 치를 주고 일 원에서 전등삯 한 달 치를 주고도 싶었으나

그러고 나면 그 나머지로 설렁탕이나 호떡을 사먹어도 하루밖에는 못 지낸다. 그래 그대로 넣어두고 한 이틀 지내는 동안에 일 원이 거진 달아났던 판인데 공연한 객기를 부리느라고 당치도 아니한 해태를 샀기 때문에 인제는 일 원 돈은 완전히 달아나고 삼 원만 남은 것이다.

P는 포켓 속에 손을 넣고 잔돈과 지폐를 섞어 삼 원 남은 돈을 만지작거렸다. 그러면서 왼편 손으로는 손가락을 꼽아가며 삼 원을 곱쟁이쳐 보았다.

육 원, 십이 원, 이십사 원, 사십팔 원, 구십육 원, 백구십이 원, 팔 원 모자르는 이 백원…… 사백 원, 팔백 원, 일천 육백 원, 삼천 이백 원, 육천 사백 원, 일만 이천 팔백 원, 팔백 원은 떼어버리고 이만 사천 원, 사만 팔천 원, 구만 육천 원, 십구만 이천 원, 삼십팔만 사천 원, 칠십육만 팔천 원, 일백오십삼만 육천 원……

삼 원을 열여덟 번만 곱집으면 일백오십삼만 원이 된다. 일백오십삼만 원, 그놈이 있으면…… 이렇게 생각하매 어깨가 으쓱해졌다.

삼 원의 열여덟 곱쟁이가 일백오십만 원이니 퍽 쉬운 일이

다. 그놈만 있으면 백만 원을 들여서 오십 전짜리 십육 페이지 신문을 하나 했으면 위선 K사장의 엉엉 우는 꼴을 볼 수가 있을 것이다.

그러나 아쉬운 대로 십오만 원만 있어도, 일만 오천 원 아니 일천 오백 원만 있어도 아니 일백오십 원만 있어도 십오 원만 있어도 우선 방세와 전등 삯을 주고 한 달은 살아가겠다.

P는 한숨을 내쉬었다. 한 달? 한 달만 살고 나면 그담은 어떻게 하나?…… 그래도 몇백 원은 있어야지, 아니 몇만 원은…….

P는 늘 하는 버릇으로 이런 터무니없는 공상을 되풀이하였다.

그는 최근 이러한 공상을 하면서부터 취직을 시들하게 여겼다. 취직이 된댔자 사오십 원이나 오륙십 원의 월급이다. 그것을 가지고 빠듯빠듯 살아간들 무슨 아기자기한 재미가 있을 턱도 없는 것이다.

가령 근실히 해서 월괘저금(月掛貯金) 같은 것도 하고 집도 장만하고 여편네도 생기고 사장이나 중역들의 눈에 들어 지위도 부장쯤으로는 올라가고 그리하여 생활의 근거도 안정이 되

고 하면 지금 같은 곤란은 당하지 아니하겠지만 그러나 P에게는 아직도 젊은 때의 야심이 있어 그러한 고식된 안정이나 명색 없는 생활은 도리어 피하고 싶었던 것이다. 좀 더 남의 눈에 띄며 좀 더 재미있고 그리고 자유로운 생활…….

물론 그는 지금이라도 누가 한 달에 삼십 원만 줄 테니 와서 일을 해달라면 마치 주린 개가 고기를 보고 덤비듯이 덮어놓고 덤벼들 것이다. 그러나 속으로는 그와 딴판으로 배포를 부리고 있는 것이다.

P가 삼청동으로 올라가느라고 건춘문 앞까지 이르렀을 때에 저편에서 말쑥하게 봄 치장을 한 여자 하나가 마주 내려왔다.

역시 삼청동 근처에 사는 여자인지 P와는 가끔 마주치는 여자다.

P는 그 여자와 만날 때마다 일부러 눈여겨보지 아니하는 체는 하면서도 실상은 고비샅샅 관찰을 하였고 그리고 속으로는 연애라도 좀 했으면 하던 터이었다. 무엇보다도 동그스럼한 얼굴에 이목구비가 모두 모지지 아니하고 얼굴의 윤곽이 동글듯이 모가 나지 아니한 것, 그래서 맘자리도 그렇게 동글려니

하는 것이 P의 마음을 끈 것이다.

그 여자는 자주 만나는 이 협수룩한 양복쟁이—P를 먼 빛으로도 알아보았는지 처녀다운 조심스런 몸매로 길을 가로 비켜 가까이 왔다.

P는 고개를 꼿꼿이 쳐들고 앞만 쳐다보면서도 속으로는,

'저 여자가 지금 내 옆으로 다가와서 조그만 소리로 정답게 구애(求愛)를 한다면? 사뭇 들이안긴다면…… 어쩔꼬?'

이런 생각을 하면서 히죽이 웃는데 여자는 벌써 지나쳐 버렸다.

'흥! 어쩌긴 무얼 어째?… 이년아, 일 없다는데 왜 이래! 하고 발길로 칵 차 내던지지.' 하고 P는 어깨를 으쓱하였다.

삼청동 꼭대기에 있는 집—집이 아니라 삭월세로 들은 행랑방—에 돌아왔다. 객지에 혼자 있으니 웬만하면 하숙에 있을 것이로되 밥값이 밀리고 그것에 졸릴 것이 무서워 P는 방을 얻어가지고 있던 것이다.

먹는 것이야 수중에 돈이 있는 때에 따라 호떡도 설렁탕도 백화점의 런치도, 그렇잖고 몇 끼씩 굶기도 하여 대중이 없었다.

볕 구경을 잘 못해서 겨울에도 곰팡이 슬고 이불을 며칠씩 그대로 펴두는 방바닥에서는 먼지가 풀신풀신 올랐다.

하도 어설퍼 앉으려고도 아니하고 방 가운데 우두커니 서서 있노라니까 안방 문 여닫는 소리가 들리며 주인 노파가 나와서 캑 하고 기침을 한다. P는 또 방세 졸릴 일이 아득하였다.

그러나 노파는 방세보다도 우선 편지 한 장을 들이밀어 준다. 고향의 형에게서 온 것이다.

편지를 뜯어 읽고 난 P는 말가웃(一斗半)이나 되게 한숨을 푸 내쉬었다. 그리고는 편지를 박박 찢어버렸다.

5

편지의 요건은 P의 아들에 관한 것이다.

P에게는 연전에 갈린 아내와의 사이에 생긴 창선이라는 아들이 있다. 금년에 아홉 살이다.

아내와 갈릴 때에 저편에서 다만 어린애만이라도 주었으면

그것을 데리고 길러가는 재미로 혼자 사는 세상에 낙을 붙이겠다고 사정하였다. 그리고 적어도 중학까지는 마치게 하겠다는 것이었다.

그렇게 했으면 P도 한짐을 덜었을 것이다. 그러나 그는 듣지 아니하였다.

어릴 적부터 소박데기 어미의 손에서 아비의 원망과 푸념을 들어가면서 자란 자식은 자란 뒤에 그 아비에게 호감을 가지지 못한다. P는 자식을 꼭 찾고 싶은 것은 아니나 아무튼 장성하면 아비라고 찾아올 터인데 그때에 P는 이미 늙고 자식은 팔팔하게 젊은 놈이 제 어미를 소박한 아비래서 아니 꼽게 군다면 그것은 차마 못 당할 노릇이다.

이러한 생각으로 P는 창선이를 내주지 아니한 것이다. 그러나 빼앗아놓고 보니 인제 겨우 너댓 살밖에 아니 먹은 것을 자기 손으로 어찌할 수가 없다. 그리하여 할 수 없이 어렵사리 지내는 그 형에게 맡기어놓고 다시 서울로 올라온 것이다. 보통학교에 다닐 나이가 되면 서울로 데려오겠다고 해두고.

P의 형은 작년에 조카를 보통학교에 입학시켰다. 그러나 극빈 축에 드는 집안인지라 몇 푼 아니 되는 월사금과 학비를 대

지 못하여 중도에 퇴학시켰다. 애초에 입학시킬 상의로 P에게 편지를 했을 때에 P는 공부 같은 것은 시켰자 소용이 없으니 차라리 뼈가 보드라운 때부터 생일(勞動)을 시키라고 하였다. P의 형은 그러나 백부의 도리로나 집안의 체면으로나 창선이를 생일을 시킬 수가 없었다. 차라리 자기 손에 두어 헐벗기고 헐입히면서 공부도 시키지 못하느니 제 아비인 P더러 데려가라고 작년부터 편지를 하던 터이다.

금년도 입학 시기가 당함에 P의 형은 P에게 누차 편지를 하였다. 금년에 입학을 시키지 못하면 명년에는 학령이 초과되어 들여주지 아니할 것이니 어서 데려다가 공부를 시키라는 것이다.

'그 어린것이 굶기를 먹듯 하고 재주는 있으면서 남의 집 아이들이 학교에 다니는 것을 부러워하는 꼴은 차마 애처로워 볼 수가 없다. 차라리 이 꼴 저 꼴 보지 아니하는 것이 속이나 편하겠다.'

이번 편지에는 이러한 구절이 있고 끝에 가서,

'여비가 몇 원 변통되면 차를 태우고 전보를 칠 테니 정거장에 나와 데려가거라. 나도 웬만하면 객지에 혼자 있는 너에게

어린 자식을 떠맡기듯이 보내겠느냐마는 잘못하다가 그것을 굶겨 죽이겠기에 생각다 못하여 단행하는 것이다.'

이러한 말이 씌어 있었다.

P는 박박 찢은 편지를 돌돌 뭉쳐 방구석에 내던지고 한숨을 푸 내쉬었다.

인제는 자식을 데리고 있기가 피할 수 없이 되었는데 어떻게 했으면 좋을까 하는 것이다. 그는 형이 원망스럽고 아니꼬왔다.

굳이 제 아비를 따라 보낸다는 것이 아니라 부둥부둥 공부를 시키라는 것 때문이다. 기왕 서울로 보내나 시골서 데리고 있으나 고생시키기는 일반이니 차라리 시골서 일찍부터 생일이나 시켰으면 P에게는 여러 가지로 좋은 것이었다.

"흥! 체면! 공부! 죽어도 인텔리는 만들잖는다."

P는 혼자 이렇게 두덜거렸다.

"집에서 온 편지유? 무슨 걱정이 생겼수."

말거리를 찾지 못하여 머뭇거리고 섰던 안방 노인이 동정이나 하는 듯이 이렇게 묻는다.

"아—니요."

P는 마지못해 코대답을 하였다.

“필경 무슨 걱정이 생긴 게구려!”

노인은 자기의 말거리를 만들려고 아니라는데도 이렇게 걱정을 내어놓는다.

“그게 모두 가난한 탓이지…… 저렇게 젊고 똑똑한 이가, 저게 모두 가난한 탓이야! 어디 구실(職業) 자리 말한다더니 아직 아니 됐수?”

“네 아직…….”

“거 큰일 났구려! 어서 돼야 할 텐데…… 나두 꼭 죽겠수…… 이 늙은 것이…… 돈 좀 마련 되잖았수?……”

“네 아직 좀…….”

“저걸 어쩌나! 오늘은 물값이야 전깃불 값이야 사뭇 받으러 달려들 텐데!”

“며칠만 더 미루십시오. 설마하니 마나님이야 아니 드리겠습니까…….”

“아무렴! 실수야 없을 줄 알지만 내가 하도 옹색하니깐 그러는 거지…….”

P는 노인이 지껄이게 두어두고 혼자 생각하였다. 전에 아는

집에서 셋방을 얻어 들었을 때에는 두 달이고 석 달이고 세가 밀려야 조르는 법이 없었다.

밀려도 조르지 아니하는 아는 집…… 이것이 P는 도리어 미안해서 이곳으로 옮겨온 것이다. 옮겨 와가지고 막상 졸림질을 당하니 미안해도 졸리지는 아니하던 옛집이 그리워지는 것이다.

노인이 문을 가로막고 서서 수다스런 소리로 더 지껄이려고 하는데 마침 P의 동무 M과 H가 찾아왔다.

"어디 나가나?"

M이 그렇잖아도 벌씸한 코를 한 번 더 벌씸 하고 사이 벌어진 앞니를 내어보이며 싱끗 웃는다.

몸집은 M과 같이 통통하지만 키가 작아 M의 뒤에 섰던 H가 옆으로 나서며,

"안녕하시오."

하고 인사를 한다.

P는 싱끗이 웃었다. 이 M과 H는 같은 하숙에 있는데 두 사람은 곧잘 같이 돌아다닌다. 같이 가는 것을 나란히 세워놓고 보면 하나는 키가 커서 우뚝하고 하나는 키가 작아서 납작 붙

어가는 것 같다.

얼굴도 M은 우들부들한 게 정객 타입으로 생겼고—잘못하면 뻑싱 링에 내세워도 좋겠고—H는 안존한 게 사무원 타입이다. 일상의 언행을 보아도 H는 무슨 이야기가 자기 전문인 법률에 관한 것에 다다르면 육법 전서의 조목을 따르르 외이면서 이렇고 저렇고 하다고 설명을 하고 M은 동경서 학생 ××에 제휴를 했던 만큼 그리고 전문이 정경과인만큼 좌익 진영에서 쓰는 어투가 그대로 나온다.

"여전히 모두 동색(冬色)이 창연하군!"

P는 두 사람의 특특한 겨울 양복을 보고 그리고 자기의 행색을 내려보며 웃었다.

M이 신을 벗고 들어와 먼지 앉은 책상 위에 걸터앉으며,

"춘래불사춘일세."

하고 한마디 외운다. H도 따라 들어와 한편에 앉으며 한마디한다.

"아직 괜찮아…… 거리에서 보니까 동복 입은 사람이 많데……."

"괜찮기는 무어 괜찮아…… 우리가 길로 돌아다니니까 사

방에서 아이구 아야! 소리가 들리데.”

“왜?”

“봄이 발밑에서 짓밟히느라고.”

“하하하하.”

세 사람은 소리를 내어 웃었다.

“참 시험 본 것 어떻게 되었소?”

P는 H가 일전에 총독부에서 본 고원 채용 시험을 생각하고 물어보았다.

“말두 마시우…… 인제는 꼭 들어앉아 공부나 해가지고 변호사 시험이나 치겠소.”

사람이 별로 변통성도 없고 그렇다고 여기저기 발련도 없어 취직이 여의하게 되지 못하는 것을 볼 때에 P는 가엾은 생각이 늘 들곤 하였다.

“가만있게……. 어서 변호사 시험만 파스하게. 그러면 인제 내가 백만 원짜리 주식회사를 조직해 가지고 자네를 법률고문으로 모셔옴세.”

이것은 M이 늘 농 삼아 하는 농담이다. M도 일 년 동안이나 취직 운동을 하면서 지냈건만 그는 되려 배포가 유하다. 조

금 더 재빠르게 했으면 M은 벌써 취직이 되었을는지도 모르나 그는 타고난 배포와 그리고 남에게 아유구용을 하기 싫어하는 성질로 말하자면 취직 전선의 낙오자다.

별로 만나야 할 일도 없다. 그러나 제가끔 혼자 있으면 우울해지니까 이렇게 서로 찾으며 자주 만나게 된다.

만나 앉아서 이야기라도 지껄이면 그동안만은 명랑하여진다. 지금 서울 안에 P니 M이니 H와 같이 매일 만나 하는 일 없이 돌아다니고 주머니 구석에 돈푼 있으면 서로 털어 선술잔이나 먹고 하는 룸펜의 패가 수없이 많다.

무어나 일을 맡기었으면 불이 번쩍 일게 해낼 팔팔한 젊은 사람들이다. 그렇건만 그들은 몸을 비비 꼬고 있다.

아무데도 용납치 못하는 사람들이다. ××적 ××에서 그들을 불러들이기에는 ××적 ××의 주관적 정세가 너무도 미약하다. 그것은 그들의 몇 부분이 동경서 학생으로 있을 시절에는 그 속에서 활발하게 ××을 계속하던 것이 조선에 나오면서 탈리되는 것으로 보아 그러한 해석을 내리지 아니할 수가 없다.

그렇다고 부르주아지의 기성 문화기관에 들어가자니 그곳에서는 수요를 찾지 아니한다. 레디메이드로 된 존재들이니

아무 때라도 저편에서 필요해야만 몇씩 사들여간다.

M이 마꼬를 꺼내놓고 붙여 문다. P는 포켓 속에 들어 있는 해태를 차마 내놓기가 낯이 따가와 M 의 마꼬를 집어 당겼다.

……(日帝時 六行 削除: 編輯者 註)……

P는 설명을 시작한다. P 자신 그러한 장난 비슷한 공상을 하면서 일단 해보라고 하면 주저할 것이지만 어쨌거나 그랬으면 통쾌하리라는 것이다.

"먼첨 경무국에 들어가서 아주 까놓고 이야기를 한단 말이야. 우리가 지금 대상으로 하는 것은 총독부가 아니라 조선의 소위 민간 측 유지들이니까 간섭을 말아달라고."

"그러면 관허(官許) 메―데―로구만."

"그래 관허도 좋아…… 그래가지고는 기에다가는 무어라고 쓰느냐 하면 '우리에게 향학열을 고취한 놈이 누구냐?'…… 어때?"

"좋―지."

"인텔리에게 직업을 내라…… 이렇게 노래를 지어 부르거든."

……(日帝時 一行 削除: 編輯者註)……

“응 유지와 명사의 가면을 박탈시키라고— 한 몇십 명이 그
렇게 데모를 한단 말이야.”

“하하하하.”

M은 이렇게 웃고 H는 시원찮은 핀잔을 준다.

“듣그럽소 여보…… 아, 글쎄 멀끔멀끔한 양복쟁이들이 종
로 네거리로 기를 받고 그렇게 다녀봐! 애들이 와서나 광고지
한 장 주! 하잖나.”

“하하하하.”

“허허허허.”

창밖에서 냉이 장수가 싸구려 소리를 외치고 지나간다. M
이 그에 응하여,

“이크, 봄을 덤핑하는구나.”

“흠, 경제학자라 다르군…… 참 우리 하숙에서는 채소를 좀
먹여 주어야지!”

“밥값을 잘 내보지.”

“그도 그렇지만.”

“나는 석 달 치 밀렸네.”

“나도 그렇게 될걸.”

“그러니까 나처럼 이렇게 아—파트 생활을 해요.”

이것은 P의 말이다. 아파—트라고 말해놓고 서글퍼서 허허 웃었다.

“조선식 아—파트! 그렇지만 우리가 아—파트 생활을 했다면 아마 두어 달 전에 굶어 죽었을걸.”

“나는 돈을 보면 초면 인사를 해야 되겠네…… 본 지가 하도 오라서 낯을 잊었어.”

“여보게.”

하고 M이 의젓하게 H를 달군다.

“돈 구경한 지 오래 됐다지?”

“응.”

“존 수가 있네.”

“뭣?”

“자네 책 좀 삼사(三四) 구락부에 보내세.”

“싫으이.”

“자네 돈 구경하고…… 구경하고 나서 그놈으로 한잔 먹고…….”

“한잔 말이 났으니 말이지 요즘 같으면 술이나 실컷 먹고

주정이라도 했으면 속이 시원하겠네.”

“그러니까 말이야…… 가세. 가서 다섯 권 잽혀.”

“일없다.”

“내가 찾아주지.”

“흥.”

“정말이야.”

“싫여.”

6

그날 밤—

P와 M은 H를 졸라 그의 법률책을 잡혀 돈 육 원을 만들어 가지고 나섰다.

선술집에 가서 엔간히 취하도록 먹은 뒤에 C라는 카페에 가서 술 두 병을 놓고 자정이 되도록 노닥거렸다.

그곳에서 나올 때는 육 원 돈이 이 원 남았다. 이 원의 처치

를 생각하다 세 사람은 일제히 동관으로 가기로 하였다.

세 사람이 모두 다리가 비틀거렸다. 그중에도 P는 더욱 취하였다.

닐리리 가락으로 들어박힌 갈보집. 다 쓰러져가는 초가집을 세 사람이 아는 집 들어서듯 쑥쑥 들어서니,

"들어오십시오."

"어서 옵시오."

라고 머리 딴 계집애와 배가 북통 같은 애밴 계집이 마루로 나선다.

P가 무심결에 해태곽을 꺼내어 붙여 무니까 머리 딴 계집애가 P의 목을 얼싸안고 볼에다 입을 쪽 맞추더니,

"나도 하나."

하고 손을 벌린다. P는 기가 막혀 담배곽을 내미는데 H와 M은 박수를 하며,

"부라보!"

하고 굉장하게 큰 소리로 외친다.

건넌방에 들어가 앉으니 마루에서 따그락따그락 소리가 난다.

배부른 계집은 푸대접을 받고 머리 딴 계집애가 H와 M의 손으로 옮아다니면서 주물린다. 깩깩 소리를 지르며 엄살을 한다. 말을 붙이고 대답을 주고받고 하는 것이 H와 M은 전에 한번 와본 집인 듯하다.

술상이 들어왔다.

잔은 사발만 한데 술주전자는 눈알만 하다. 술을 부어놓으니 M이 척 받아놓고는 노래를 투정한다. 계집애는 그보다 더 약아서 제가 그 술을 쭉 들이마시고는 빈 잔만 M의 입에 대어준다.

P는 개숫물같이 밍밍한 술을 두어 잔 받아먹는 동안에 비위가 콱 거슬려서 진정하느라고 드러누웠다.

H가 계집애를 무릎에 올려놓고 신이 나게 노래를 부른다. 물론 고저도 장단도 맞지 아니하는 노래다.

M이 애 밴 계집을 실컷 시달려 주다가 머리 딴 계집애를 빼앗아가더니 귀에 대고 무어라고 속삭거린다. 그러면서 둘이서 연해 P를 건너다보며 싱긋벙긋 웃는다.

조금 있다가 계집애가 P에게로 오더니 귀에다 입을 대고 속삭인다.

"저이가 나더러 당신하고 오늘 저녁…… 응, 어때?"

"그래라?"

P는 불쑥 성난 것처럼 대답했다.

"아이! 싱거워!"

계집애는 P를 한번 꼬집어주고 다시 M에게로 달아났다.

M에게로 가서 또 무어라고 속삭거리더니 재차 와가지고는 귓속말을 한다.

"자고 가, 응."

"그래 글쎄."

"꼭."

"응."

"정말."

"응."

술은 네 주전자가 들어왔는데 세 사람 손님은 두서너 잔씩 밖에 아니 먹었다. 그 나머지는 다 저희가 먹었다. 계집애가 술이 곤주가 되게 취해가지고 해롱해롱 까분다.

술값을 치르는 것을 보고 P도 따라 일어섰다. M이 몸뚱이로 슬쩍 밀어서 방안으로 들여보내고 뒤에서 계집애가 양복

뒷깃을 잡아당긴다.

"그래라, 자고 간다."

P는 방 가운데 벌떡 드러누웠다.

"너희 집이 어디냐?"

계집애가 옆에 와서 앉는 것을 보고 P가 물었다.

"××도 ××."

"언제 왔니?"

"작년에."

P는 몸을 일으켰다. 또 속이 왈칵 뒤집혀 좀 더 진정하려고 하는 생각인데 계집애가 콱 밀어뜨린다.

"나이 몇 살이냐?"

"열여덟."

"부모는?"

"부모가 있으면 여기서 이 짓을 해?"

"왜 이 짓이 나쁘냐?"

"흥…… 나도 사람이야."

"에꾸! 나는 네가 신선인 줄 알았더니 인제 알고 보니까 사람이로구나!"

“드끄러!”

계집애는 눈을 쪽 흘기고는 갑자기 웃으면서 P의 목을 끌어안는다.

“자고 가, 응.”

“우리 마누라한테 자볼기 맞고 쫓겨난다.”

“그러면 내한테 와서 나하고 살지…… 여기 내 빚 팔십 원만 물어주면……”

“팔십 원이냐?”

“응.”

“가겠다.”

P는 또 일어나려는 것을 계집이 껴안고 놓지 아니한다.

“자고 가…… 내가 반했어.”

“아서라.”

“정말!”

“놓아.”

“아니야, 안 놓아. 자고 가요 응…… 자고…… 나 돈 좀 주어.”

“돈? 내가 돈이 있어 보이니?”

“돈 소리가 절렁절렁 나는데?”

미상불 P의 포켓 속에는 아까부터 잔돈 소리가 가끔 잘랑거렸다.

“자고 나 돈 조……금 주고 가 응.”

“얼마나?”

“암만도 좋아…… 오십 전도, 아니 이십 전도.”

계집애의 말이 떨어지기도 전에 P는 불에 데인 것같이 벌떡 일어섰다. 일어서면서 그는 포켓 속에 손을 넣고 있는 대로 돈을 움켜쥐어 방바닥에 홱 내던졌다. 일 원짜리 지전 두 장과 백통전이 방바닥에 요란스럽게 흐트러진다.

“아따 돈!”

해 던지고는 P는 뛰어나왔다. 그의 눈에는 눈물이 고였다.

7

P는 정조(貞操)적으로 순진한 사나이가 아니다. 열네 살 때

에 소꿉질 같은 장가를 갔고 그 뒤 동경 가서 있을 동안에 거기 여자와 살림도 하였다.

조선에 돌아와 직업을 가지고 있는 사이에 기생과 사귀어 한동안 죽을 둥 살 둥 모르게 지내기도 하였다.

그밖에도 정두어 지낸 여자가 두엇 더 있다. 그러나 삼십이 되도록 지금까지 유곽을 가거나 은근짜 집을 가거나 동관의 색주가 집에 가서 잠자리를 한 일은 없다.

그것은 P의 괴벽이다. 어떠한 여자를 물론하고 그가 정이 들지 아니한 여자이면 절대로 관계를 아니한다는 것이다.

그 대신 한번 P의 눈에 들고 따라서 정이 들면 아무것도 돌아보지 아니하고 심각한 열정에 맡기어 완전히 그 여자를 움켜쥐어 버리며 또한 그 여자에게 전부를 내주어 버린다. 그리하여 그는 늘 All or nothing을 말한다.

이것이 처세상 퍽 이롭지 못한 것을 P도 잘 안다. 또 공연한 승벽이요 고집인 줄 알건만 그는 그것을 고치지 못한다.

이날 밤에도 그는 그 계집애를 조금도 어떻게 하겠다는 생각은 나지 아니하였다.

술 취한 끝에 속이 괴로우니까 진정을 하자는 판인데 "오십

전, 아니 이십 전도 좋아” 하는 소리에 버쩍 흥분이 된 것이다.

너무도 인간이 단작스럽고 악착스러운 것 같았다. P가 노상 보고 듣는 세상이 돈을 중간에 놓고 악착스럽게 아둥바둥하는 것임을 모르는 바는 아니나 정조 댓가로 일금 이십 전을 요구하는 것은 처음 보았다.

P는 그러한 여자가 정조를 파는 데 무신경한 것도 잘 알고 있으며 따라서 그것이 비도덕이니 어쩌니 하는 것도 아니다.

그의 관점과 해석은 그런 것보다 더 나아간 입장에 있었다.

그러나 ‘이십 전만 주어도……’ 소리에는 이것저것 생각하고 헤아릴 나위도 없었다. 더럽고 얄미우면서 눈물이 고였다. 삼 원쯤 되는 전 재산을 털어 내던지고 정신없이 뛰어나온 것이다.

술 취한 P를 혼자 남겨둔 H와 M은 골목에 기다리고 서서 있었다. P가 뛰어나오는 것을 보고 그들은 우선 농을 건넨다.

“한턱 하오.”

“장가간 턱 하게.”

P는 고개를 흔들었다. 그리고 멍하니 서서 생각을 하였다.

다분의 가면 밑에서 꿈틀거리는 인도주의에 몹시 증오를 느끼는 P는 이날 밤 자기의 행동을 어떻게 해석할지 몰라 괴로워하였다.

내일을 굶어야 할 그 돈이지만 돈이 아까운 것이 아니다. 정조값으로 이십 전을 주어도 좋다는데 왜 정조는 퇴하고 돈만 있는 대로 다 털어 주었는가? 왜 눈에 눈물은 고였는가?

8

P는 머리가 띵하고 속이 뉘엿거리어 정신을 차릴 수가 없었다. 그는 두 친구에게 인사도 변변히 하지 아니하고 코를 베인 듯이 삼청동으로 올라왔다. 어서 바삐 좀 드러눕고만 싶었던 것이다.

아무리 방구들은 차고 지저분하게 늘어놓았어도 제 처소는 반가운 것이다. 더구나 몸이 괴로울 때는!

P는 누더기 양복이나마 벗으려고도 아니하고 그대로 펴두

었던 이부자리 속에 몸을 파묻었다. 드러누우니 취기가 새삼 스레 더하여 영영 옷 벗을 생각도 잊어버리고 그대로 잠이 들 었다.

얼마를 자고 났는지 괴로와 부대끼다 못하여 잠이 깨었을 때는 목이 타는 듯이 말랐다.

물은 없다. 물이 없어 못 먹느니라 생각하니 목은 더 말 랐다.

밤은 어느 때나 되었는지 짐작할 수가 없다. 전등은 그대 로 켜져 있다. 밖에서는 사람 지나다니는 발자국 소리도 들 리지 아니한다. 전차 달리는 소리도 들리지 아니하고 가끔 가 다가 자동차의 경적이 딴 세상의 소리같이 감감하게 들리어 온다.

밤이 깊지 아니했으면 잠긴 안대문을 두드려 주인 노인에게 라도 물을 청하겠지만 이 깊은 밤에 그리하기도 미안하다. 그 것도 방세나 여일하게 내었을세 제 말이지 얼굴 대하기를 이 편에서 피하는 판에 차마 못할 일이다.

물지게 장수의 삐득거리는 소리가 들리나 하고 귀를 기울였 으나 감감히 소리가 없다.

목은 더욱더욱 말라 들어온다. 입술이 바싹 마르고 입안이 침기가 없고 목구멍이 바삭바삭 소리가 날 듯이 마르고 그리고는 창자 속까지 말라 내려가는 듯하다.

방금 미칠 듯하다.

눈앞에 용용하게 흘러가는 푸른 한강이 어릿어릿하고 쏴 쏟아지는 수통 꼭지가 보이는 듯하다.

P는 배고픈 고비는 많이 겪어 보았으나 이대도록 목마른 참은 당하기 처음이다.

배는 고프면 기운이 없이 착 가라앉을 뿐이었지만 목이 극도로 마름에는 금시 미치고 후덕후덕 날뛸 것 같다.

일어나서 삼청동 꼭대기로 올라가면 산골짜기의 물도 있고 또 우물도 있기는 하다. 그러나 이 어두운 밤에 어디가 어디인지 보이지 아니할 테고 또 우물에는 두레박도 없을 것이다.

겨우겨우 참아가며 몇 시간을 삐대었다. 실상 한 시간도 못 되는 동안이지만 P에게는 여러 시간인 듯만 싶었다.

그런 뒤에 겨우 물지게 소리를 듣고 그는 수통 있는 곳을 찾아 뛰어나갔다.

사정 이야기도 변변히 하지 아니하고 쏟아지는 수통 꼭지에

매어달려 한 동이는 되리만치 냉수를 들이켰다. 물장수가 어이가 없어 물끄러미 쳐다보고만 있다가 P의 끔벅하고 돌아서는 등 뒤에다 혀를 끌끌 찬다.

밥보다도 더 다급하게 그립던 물을 실컷 들이켜고 나니 찌뿌둥하게 엉킨 듯 불쾌하던 취기(醉氣)도 적이 걷히고 정신이 말쑥해졌다.

P는 새삼스레 양복을 벗어 던지고 다시 자리에 파묻혔다. 인제는 잠이 십 리나 달아나고 눈이 초랑초랑하여진다. 그러면서 어젯밤 일이 머리에 떠오른다.

그것은 마치 못 먹을 것을 먹은 것처럼 꺼림칙한 기억이다. 아무렇게나 씻어 넘겨 버리재도 그러나 머리 한구석에 박혀가지고 사라지려 하지 아니하는 어룽(斑點)과 같다. 어떻게 해서라도 시원스러운 해석을 내리고라야 마음이 놓일 것 같다.

정조 댓가(貞操代價)로 일금 이십 전을 부르는 여자…….

방금 세상에는 한번 정조를 빼앗긴 것으로 목숨을 버려 자살하는 여자가 있다. 그러는 한편 '이십 전도 좋소' 하는 여자가 있다.

여자의 정조가 그것을 잃었다고 자살을 하도록 그다지도 고

귀한 것이라면 '이십 전에도 팔겠소' 하는 여자가 눈을 멀끔멀끔 뜨고 살아 있는 사실은 무엇으로 설명할 것인가?

또 정조를 '이십 전에도 팔겠소' 하는 여자가 있도록 그것이 아무렇지도 아니한 것이라면 그것을 한 번 빼앗긴 때문에 생명을 내버리는 여자가 있는 것은 무엇으로 설명할 것인가?

이 두 여자가 모두 건전한 양심의 소유자라고 볼 수는 없다.

그러나 그 가운데 나무라기로 들면 차라리 정조를 빼앗긴 것으로 자살한 여자를 나무랄 것이지 '이십 전에 팔겠소' 하는 여자는 나무랄 수가 없다.

열여섯 살부터 시작하여 이래 삼 년이나 색주가 집으로 굴러다니는 여자다.

언제 누구에게 귀떨어진 도덕 관념이나 정당한 인생관을 얻어들은 적이 없을 것이다.

술잔을 들고 앉아 한 잔이라도 오는 손님에게 더 먹여 한푼어치라도 주인의 수입을 도와주면 칭찬이 오니 그만이다.

"고년 어여쁘다. 나하고 ××."

하고 손님이 말하면 그에 좇아 비록 조발(早發)일지언정 생리적 만족을 얻는 한편 그야말로 단돈 이십 전이라도 벌면 그

만이다.

옆에서 그것을 시키기는 할지언정 그것이 나쁘다고 가르쳐 주는 사람이 있을 턱이 없는 것이다. 사실 일반 매춘부가 정조적으로 양심을 가진 듯이 보인다는 것은 그 대부분이 되려 한 가식(假飾)에 지나지 못하는 것이다.

그것은 그들에게 있어서 일종의 정당성을 가진 노동인 것이다.

그러니까 그것을 보고 불쌍하다고 여기고 동정을 하는 것은 의문이 패은이다.

지금 세상은 정당한 성도덕(性道德)이 서 있는 때도 아니다.

그것은 한 세대(世代)에 여러 가지의 시대 사조가 얼크러져 있는 때문이다. 그러니까 여자의 정조에 대하여도 일률적으로 선악과 시비를 가릴 수는 없는 것이다.

하룻밤 몸값으로 '이십 전도 좋소' 하는 여자, 그에게는 다른 사람이 갖는 성도덕도 없고 따라서 자신을 타락이래서 슬퍼하지도 아니한다.

그 여자 자신을 나무랄 필요도 없는 것이요, 동정할 여지도 없는 것이다. 그 여자 자신은 결코 불쌍한 사람이 아니다.

예수의 사랑(?)도 아무리 그 사랑이 크고 넓다 했을지언정 그것은 '불쌍한 사람' '죄지은 사람'에게 미칠 수 있는 것이다.

'불쌍하지 아니한' '죄짓지 아니한' 동관의 색주가 계집애에게는 누구의 동정이나 사랑도 일없는 것이다.

"뭣? 관념적이라고?"

그렇다. 관념적이라도 할 수 없다. 그러나 그것은 그 여자의 주관을 객관화한 것이다.

……(日帝時 二行 削除 : 編輯者 註)……

또 그 병적 현실에 메스를 대는 것은 집단의 역사적 문제이지만 룸펜 인텔리의 결벽과 흥분쯤으로는 문제가 되지 아니한다.

다만 취객이 삼 원 각수를 던져 주었으므로 해서 그 여자는 감격 없는 기쁨을 맛보았을 뿐일 것이다.

'이게 웬 떡이냐…… 어젯저녁에 꿈이 괜찮더니 이런 땡을 잡을 양으루 그랬구나……웬 얼간망둥이냐.'

그 계집애는 응당 그렇게밖에는 더 생각되지 아니하였을 것이다. 그것이 결코 무리가 없는 당연한 일이다.

P는 여기까지 생각하고 입맛 쓴 고소를 띠었다.

'흥! 되지 못하게…… 장님이 눈병 앓는 사람더러 불쌍하다고 한 셈인가.'

P는 돌아누우면서 혀를 끌끌 찼다.

9

1934년의 이 세상에도 기적이 있다.

그것은 P가 굶어 죽지 아니한 것이다. 그는 최근 일주일 동안 돈이 생긴 데가 없다. 잡힐 것도 없었고 어디서 벌이한 적도 없다.

그렇다고 남의 집 문 앞에 가서 밥 한술 주시오 하고 구걸한 일도 없고 남의 것을 훔치지도 아니하였다.

그러나 그동안 굶어 죽지 아니하였다. 야위기는 하였지만 그래도 멀쩡하게 살아 있다. P와 같은 인생이 이 세상에 하나도 없이 싹 치워진다면 근로하는 사람이 조금은 편해질는지도

모른다.

P가 소부르주아 축에 끼이는 인텔리가 아니요 노동자였더라면 그동안 거지가 되었거나 비상수단을 썼을 것이다. 그러나 그에게는 그러한 용기도 없다. 그러면서도 죽지 아니하고 살아 있다. 그렇지만 죽기보다도 더 귀찮은 일은 그를 잠시도 해방시켜 주지 아니한다.

그의 아들 창선이를 올려 보낸다고 어제 편지가 왔고 오늘은 내일 아침에 경성역에 당도한다는 전보까지 왔다.

오정 때 전보를 받은 P는 갑자기 정신이 난 듯이 쩔쩔매고 돌아다니며 돈 마련을 하였다. 최소한도 이십 원은…… 하고 돌아다닌 것이 석양 때 겨우 십오 원이 변통되었다.

종로에서 풍로니 냄비니 양재기니 숟갈이니 무어니 해서 살림 나부랭이를 간단하게 장만하여 가지고 올라오는 길에 전에 잡지사에 있을 때 알은 ××인쇄소의 문선과장을 찾아갔다.

월급도 일없고 다만 일만 가르쳐주면 그만이니 어린아이 하나를 써달라고 졸라댔다.

A라는 그 문선과장은 요리조리 칭탈을 하던 끝에―그는 P가 누구 친한 사람의 집 어린애를 천거하는 줄 알았던 것이

다—

"보통학교나 마쳤나요?"

하고 물었다.

"아—니요."

P는 솔직하게 대답하였다.

"나이 몇인데?"

"아홉 살."

"아홉 살?"

A는 놀라 반문을 하는 것이다.

"기왕 일을 배울 테면 아주 어려서부터 배워야지요."

"그래도 너무 어려서 원, 뉘집 애요?"

"내 자식놈이랍니다."

P는 그래도 약간 얼굴이 붉어짐을 깨달았다. A는 이 말에 가장 놀라운 듯이 입만 벌리고 한참이나 P를 물끄러미 바라다 본다.

"왜? 내 자식이라고 공장에 못 보내란 법 있답디까?"

"아니 정말 그래요?"

"정말 아니고?"

“괜히 실없는 소리……! 자제라고 해야 들어줄 테니까 그러시지?”

“아니 그건 그렇잖애요. 내 자식놈야요.”

“그럼 왜 공부를 시키잖구?”

“인쇄소 일 배우는 것도 공부지.”

“그건 그렇지만 학교에 보내야지.”

“학교에 보낼 처지가 못 되고 또 보낸댔자 사람 구실도 못할 테니까…….”

“거 참 모를 일이요. 우리 같은 놈은 이 짓을 해 가면서도 자식을 공부시키느라고 애를 쓰는데 되려 공부시킬 줄 아는 양반이 보통학교도 아니 마친 자제를 공장엘 보내요?”

“내가 학교 공부를 해본 나머지 그게 못쓰겠으니까 자식은 딴 공부시키겠다는 것이지요.”

“글쎄 정 그러시다면 내가 내 자식 진배없이 잘 데리고 있으면서 일이나 착실히 가르쳐드리리다마는 …… 원 너무 어린데 애처럽잖애요?”

“애처러운 거야 애비된 내가 더 하지요만 그것이 제게는 약이니까…….”

P는 당부와 치하를 하고 인쇄소를 나왔다. 한짐 벗어놓은 것같이 몸이 가뜬하고 마음이 느긋하였다.

그는 집으로 올라가는 길에 싸전에 쌀 한 말을 부탁하고 호배추도 몇 통 사들었다. 그렁저렁 오 원을 썼다.

십 원 남은 중에 주인 노인에게 육 원을 내어주니 입이 귀밑까지 째어진다. 그 끝에 P가 사온 호배추를 내어주며 김치를 담가달라고 하니 선선히 응낙한다. 그리고 자식을 데리고 자취를 하겠다니까 깍두기야 간장이야 된장 같은 것을 아까운 줄 모르고 날라다 주곤 한다.

10

이튿날 전에 없이 첫새벽에 일어난 P는 서투른 솜씨로 화롯밥을 지어놓고 정거장으로 나갔다.

그의 형에게서 온 편지에 S라는 고향 사람이 서울 올라오는 길에 따라 보낸다고 했으니까 P는 창선이보다도 더 낯이 익은

S를 찾았다.

과연 차가 식식거리고 들어서매 인간을 뱉어 내놓는 찻간에서 S가 창선이를 데리고 두리번거리며 내려왔다.

어디서 생겼는지 새까만 고쿠라 양복을 입고 이화표 붙은 학생 모자를 쓰고 거기다가 보따리를 하나 지고 무엇 꾸린 것을 손에 들고 차에서 내리는 어린아이…… 저게 내 자식이니라 생각하니 P는 어쩐지 속으로 얼굴이 붉어지며 한편 가엾기도 하였다.

S가 두 손에 짐을 가득 들고 두리번거리다가 가까이 온 P를 보고 반겨 소리를 지른다. 창선이가 모자를 벗고 학교식으로 경례를 한다. 얼굴은 너댓살 적에 보던 것보다 더한층 저의 외가를 닮았다. P는 그것이 몹시 불만하였다.

"그새 재미나 좋았나?"

S의 하는 첫인사다.

"뭘 그저 그렇지…… 괜한 산 짐을 지고 오느라고 애썼네."

P는 이렇게 인사 겸 치하를 하였다.

"원 천만에……! 그 애가 나이는 어려도 어떻게 속이 찼는지…… 너 늬 아버지 알아보겠니?"

S는 창선이를 돌아보며 웃는다. 창선이는 고개를 숙이고 수줍은지 아무 대답도 아니한다.

P는 S와 창선이를 데리고 구름다리로 올라왔다.

"저의 외할머니가 저 양복이야 떡이야 모두 해가지고 자네 댁에까지 오셨더라네…… 오서서 어제 떠나는데 정거장까지 나오셨는데 여러 가지 신신당부를 하시데…… 자네에게 전하라고."

S는 P가 그다지 듣고 싶지도 아니한 이야기를 뒤따라오며 늘어놓는다. 그의 가슴에는 옛날의 반감이 솟쳐 올랐다.

"별 걱정 다 하던 게로군……. 내 자식 내가 어련히 할까 봐 쫓아다니면서 그래……."

"그래도 노인들이라 어디 그런가……. 객지에서 혼자 있는데 데리고 있기 정 불편하거든 당신께로 도루 보내게 하라고 그러시데……."

"그 집에 내 자식이 무슨 상관이 있어서 보내라는 거야?…… 보낼 테면 그때 데려왔을라구……."

P는 그것이 모두 그와 갈린 아내의 조종인 줄 알기 때문에 더구나 심정이 났다. 화가 나는 대로 하면 어린아이가 입고 온

양복도 벗겨 내던지고 싶었으나 꿀꺽 참았다.

11

일찍 맛보아보지 못한 새살림을 P는 시작하였다.

창선이가 도착한 날 밤.

창선이는 아랫목에서 색색 잠을 자고 있다. 외롭게 꿈을 꾸고 있으려니 생각하매 전에 없던 애정이 솟아오르는 듯하였다.

이튿날 아침 일찍 창선이를 데리고 ××인쇄소에 가서 A에게 맡기고 안 내키는 발길을 돌이켜 나오는 P는 혼자 중얼거렸다.

"레디메이드 인생이 비로소 겨우 임자를 만나 팔리었구나."

치숙

우리 아저씨 말이지요? 아따 저 거시키, 한참 당년에 무엇이냐 그놈의 것, 사회주의라더냐 막걸리라더냐, 그걸 하다 징역 살고 나와서 폐병으로 시방 앓고 누웠는 우리 오촌 고모부 그 양반…….

머, 말두 마시오. 대체 사람이 어쩌면 글쎄…… 내 원!

신세 간데없지요.

자, 십 년 적공, 대학교까지 공부한 것 풀어먹지도 못했지요, 좋은 청춘 어영부영 다 보냈지요, 신분에는 전과자라는 붉은 도장 찍혔지요, 몸에는 몹쓸 병까지 들었지요.

이 신세를 해가지굴랑은 굴속 같은 오두막집 단간 셋방 구석에서 사시장철 밤이나 낮이나 눈 따악 감고 드러누웠군요.

재산이 어디 집 터전인들 있을 턱이 있나요. 서발 막대 내저어야 짚 검불 하나 걸리는 것 없는 철빈(鐵貧)인데.

우리 아주머니가, 그래도 그 아주머니가, 어질고 얌전해서 그 알뜰한 남편양반 받드느라 삯바느질이야 남의 집 품빨래야 화장품 장사야, 그 칙살스런 벌이를 해다가 겨우겨우 목구멍에 풀칠을 하지요.

어디루 대나 그 양반은 죽는 게 두루 좋은 일인데 죽지도 아

니해요.

우리 아주머니가 불쌍해요. 아, 진작 한 나이라도 젊어서 팔자를 고치는 게 아니라, 무슨 놈의 수난 후분을 바라고 있다가 끝끝내 고생을 하는지.

근 이십 년 소박을 당했지요.

이십 년을 설운 청춘 한숨으로 보내고서 다 늦게야 송장여대치게 생긴 그 양반을 그래도 남편이라고 모셔다가는 병수발 들랴 먹고 살랴, 애자진하고 다니는 걸 보면 참말 가엾어요.

그게 무슨 죄다짐이람? 팔자, 팔자 하지만 왜 팔자를 고치지를 못하고서 그래요. 죄선(朝鮮) 구식 부인네들은 다 문명을 못하고 깨지를 못해서 그러지.

그 양반이 한시바삐 죽기나 했으면 우리 아주머니는 차라리 신세 편하리다.

심덕 좋겠다, 솜씨 얌전하겠다 하니 어디 가선들 제가 일신 몸 가누고 편안히 못 지내요?

가만있자, 열여섯 살에 아저씨네 집으로 시집을 갔다니깐 그게 내가 세 살 적이니 꼬박 열 여덟 해로군. 열여덟 해면 이

십 년 아니오.

그때 우리 아저씨 양반은 나이 어리기도 했지만, 공부를 한 답시고 서울로 동경으로 십여 년이나 돌아다녔고 조금 자라서 색시 재미를 알 만하니까는 누가 이쁘달까 봐 이혼하자고 아주머니를 친정으로 쫓고는 통히 불고를 하고…….

공부를 다 마치고 오더니만 그담에는 그놈의 짓에 들입다 발광해 다니면서 명색 학생 출신이라는 딴 여편네를 얻어 살았지요. 그 여편네는 나도 몇 번 보았지만 쌍판대기라고 별반 출 수도 없이 생겼습디다. 그 인물로 남의 첩이야? 일색 소박은 있어도 박색 소박은 없다더니, 사실 소박맞은 우리 아주머니가 그 여편네게다 대면 월등 예뻤다우.

그래 그 뒤에, 그 양반은 필경 붙들려 가서 오 년이나 전중이를 살았지요. 그동안에 아주머니는 시집이고 친정이고 모두 폭 망해서 의지가지없이 됐지요.

그러니 어떻게 해요? 자칫하면 굶어 죽을 판인데.

할 수 없이 얻어먹고 살기도 해야 하려니와 또 아저씨 나오는 것도 기다려야 한다고 나를 반연 삼아 서울로 올라왔더군요. 그게 그러니까 아저씨가 나오던 전해로군.

그때 내가 나이는 어려도 두루 날뛴 보람이 있어서 이내 구라다상네 식모로 들어갔지요.

그 무렵에 참 내가 아주머니더러 여러 번 권면을 했지요. 그러지 말고 개가(改嫁)를 가라고. 글쎄 어린 소견에도 보기에 퍽 딱하고 민망합디다.

계제에 마침 또 좋은 자리가 있었고요. 미네상이라고 미쓰꼬시 앞에서 바나나 다다끼우리(投賣)를 하는 인데 사람이 퍽 좋아요.

우리집 다이쇼(主人)도 잘 알고 하는데, 그이가 늘 날더러 죄선 오깜상하고 살았으면 좋겠다고, 중매 서 달라고 그래쌌어요.

돈은 모아둔 게 없어도 다 벌어먹고 살 만하니까 그런 사람 만나서 살면 아주머니도 신세 편할 게 아니라구요?

그런 걸 글쎄 몇 번 말해도 숭헌 소리 말라고 듣덜 않는 걸 어떡하나요.

아무튼 그런 것 말고라도 참, 흰말이 아니라 이날 이때까지 내가 그 아주머니 뒤도 많이 보아 주었다우. 또 나도 그럴 만한 은공이 없잖아 있구요.

내가 일곱 살에 부모를 잃었지요. 그러고 나서 의탁할 곳이 없이 됐는데 그때 마침 소박을 맞고 친정살이를 하는 그 아주머니가 나를 데려다가 길러 주었지요.

그때만 해도 그 집이 그다지 군색하게 지내진 않았으니깐요. 아주머니도 아주머니지만 증조할머니며 할아버지도 슬하에 딴 자손이 없어서 나를 퍽 귀애하겠지요.

열두 살까지 그 집에서 자랐군요.

사 년이나마 보통학교도 다녔고.

아마 모르면 몰라도 그 집안이 그렇게 치패(致敗)하지만 않았으면 나도 그냥 붙어 있어서 시방쯤은 전문학교까지는 다녔으리다.

이런 은공이 있으니까 나도 그걸 저버리지 않고 그래서 내 깜냥에는 갚을 만치 갚노라고 갚은 셈이지요.

하기야 요새도 간혹 아주머니가 찾아와서 양식 없다는 사정을 더러 하곤 하는데 실로 정말이지 좀 성가시기는 해요.

그러는 족족 그 수응을 하자면 내 일을 못하겠는걸. 그래 대개 잘라 떼기는 하지요.

그렇지만 그 밖에, 가령 양 명절 때면 고깃근이라도 사 보낸

다든지, 또 오면가면 들러 이야기 낱이라도 한다든지 그런 건 결단코 범연히 하진 않으니까요.

아무튼 그래서, 아주머니는 꼬박 일 년 동안 구라다상네 집 오마니로 있으면서 월급 오 원씩 받는 걸 그래도 고스란히 저금을 하고, 또 틈틈이 삯바느질을 맡아다가 조끔씩 벌어 보태고 또 나올 무렵에 구라다상네 양주가 퍽 기특하다고 돈 칠 원을 상급(賞給)으로 주고 그런 게 이럭저럭 돈 백 원이나 존존히 됐지요.

그 돈으로 방 한 칸 얻고 살림 나부랭이도 조금 장만하고, 그래 놓고서 마침 그 알량꼴량한 서방님이 놓여 나오니까 그리루 모셔들였지요.

놓여 나오는 날 나도 가서 보았지만 가막소 문 앞에 막 나서자 아주머니가 기다리고 있으니까 그래도 눈물이 핑! 돌던데요.

전에 그렇게도 죽을 둥 살 둥 모르고 좋아하던 첩년은 꼴도 안 뵈구요. 남의 첩년이란 건 다 그런 거지요 뭐.

우리 아저씨 양반은 혹시 그 여편네가 오지 않았나 하고 사방을 휘휘 둘러보던데요. 속이 그렇게 없다니까. 여편네는커녕

아주머니하고 나하고 그 외는 어리친 개새끼 한 마리 없드라.

그래 막 자동차에 올라타려다가 피를 토했지요. 나중에 들었지만 가막소 안에서 달포 전부터 토혈을 했다나 봐요.

그래 다 죽어가는 반송장을 업어 오다시피 해다가 뉘어 놓고, 그날부터 아주머니는 불철주야로 할 짓 못할 짓 다 해가면서 부시대고 날뛴 덕에 병도 차차로 차도가 있고 그러더니 인제는 완구히 살아는 났지요. 뭐 참 시방은 용 꼴인걸요, 용 꼴.

부인네 정성이 무서운 겝디다.

꼬박 삼 년이군. 나 같으면 돌아가신 부모가 살아오신대도 그 짓 못해요.

자, 그러니 말이지요. 우리 아저씨라는 양반이 작히나 양심이 있고 다 그럴 양이면, 어─허 내가 어서 바삐 몸이 충실해져서 어서 바삐 돈을 벌어다가 저 아내를 편안히 거느리고 이 은공과 전날의 죄를 갚아야 하겠구나…… 이런 맘을 먹어야 할 게 아니라구요?

아주머니의 은공을 갚자면 발에 흙이 묻을세라 업고 다녀도 참 못다 갚지요.

그러고저러고 간에 자기도 인제는 속 차려야지요. 하기야

속을 차려서 무얼 하재도 전과자니까 관리나 또 회사 같은 데는 들어가지 못하겠지만 그야 자기가 저지른 일인 걸 누구를 원망할 일도 아니고, 그러니 막 벗어붙이고 노동이라도 해야지요.

대학교 출신이 막벌이 노동이라께 꼴 가관이지만 그래도 할 수 없지, 뭐.

그런 걸 보고 가만히 나를 생각하면, 만약 우리 증조할아버지네 집안이 그렇게 치패를 안 해서 나도 전문학교를 졸업을 했으면 혹시 우리 아저씨 모양이 됐을지도 모를 테니 차라리 공부 많이 않고서 이 길로 들어선 게 다행이다…… 이런 생각이 들어요.

사실 우리 아저씨 양반은 대학교까지 졸업하고도 인제는 기껏 해먹을 거란 막벌이 노동밖에 없는데, 요 보통학교 사 년 겨우 다니고서도 시방 앞길이 환히 트인 내게다 대면 고쓰까이(小使)만도 못하지요.

아, 그런데 글쎄 막벌이 노동을 하고 어쩌고 하기는커녕 조금 바시시 살아날 만하니까 이 주책꾸러기 양반이 무슨 맘보를 먹는고 하니, 내 참 기가 막혀!

아—니, 그놈의 것하고는 무슨 대천지 원수가 졌단 말인지, 어쨌다고 그걸 끝끝내 하지 못해서 그 발광인고?

그러나마 그게 밥이 생기는 노릇이란 말인지? 명예를 얻는 노릇이란 말인지, 필경은 붙잡혀 가서 징역 사는 놀음?

아마 그놈의 것이 아편하고 꼭 같은가 봐요. 그렇길래 한번 맛을 들이면 끊지를 못하지요?

그렇지만 실상 알고 보면 그게 그다지 재미가 난다거나 맛이 있다거나 그런 것도 아니더군 그래요. 부랑당패던데요. 하릴없이 부랑당팹니다.

저어 서양 어디선가, 일하기 싫어하는 게으름뱅이 몇 놈이 양지짝에 모여 앉아서 놀고 먹을 궁리를 했더라나요. 우리 집 다이쇼가 다 자상하게 이야기를 해줍디다.

게— 그 녀석들이 서로 구누를 하기를, 자, 이 세상에는 부자가 있고 가난한 사람이 있고 하니 그건 도무지 공평한 일이 아니다. 사람이란 건 이목구비하며 사지 육신을 꼭같이 타고 났는데 누구는 부자로 잘살고 누구는 가난하다니 그게 될 말이냐. 그러니 부자가 가진 것을 우리 가난한 사람들하고 다 같이 고르게 나눠 먹어야 경우가 옳다.

야— 그거 옳은 말이다. 야! 그 말 좋다. 자 나눠 먹자.

아, 이렇게 설도를 해가지고 우— 하니 들고 일어났다는 군요.

아—니, 그러니 그게 생 날부랑당놈의 짓이 아니고 무어요?

사람이란 것은 제가끔 분지복이 있어서 기수(氣數)를 잘 타고나든지 부지런하면 부자가 되는 법이요, 복록을 못 타고나든지 게으른 놈은 가난하게 사는 법이요. 다 이렇게 마련인데 그거야말로 공평한 천리인 것을, 됩다 불공평하다니 될 말이요? 그리고서 억지로 남의 것을 뺏어 먹자고 들다니 그놈들이 부랑당이지 무어요.

짓이 부랑당 짓일 뿐만 아니라, 또 만약에 그러기로 들면 게으른 놈은 점점 더 게으름만 부리고 쫓아다니면서 부자 사람네가 가진 것만 뺏어 먹을 테니 이 세상은 통으로 도적놈의 판이 될 게 아니요? 그나마, 부자 사람네가 모아둔 걸 다 뺏기고 더는 못 먹여내는 날이면 그때는 이 세상 망하는 날이 아니요?

저마다 남이 농사지어 놓으면 그걸 뺏어 먹으려고 일 않고 번둥번둥 놀 것이고 남이 옷감 짜놓으면 그걸 뺏어다가 입으려고 번둥번둥 놀 것이고 그럴 테니 대체 곡식이며 옷감이며

그런 것이 다 어디서 나올 데가 있어야지요. 세상 망할밖에!

글쎄 그놈의 짓이 그렇게 세상 망쳐놀 장본인 줄은 모르고서 가난한 놈들— 그중에도 일하기 싫은 게으름뱅이들이 위선 당장 부자집 사람네 것을 뺏어 먹는다니까 거기 혹해가지굴랑 너도나도 와— 하니 참섭을 했다는구려.

바루 저 '아라사'가 그랬대요.

그래서 아니나다를까 농군들이 곡식을 안 만들기 때문에 사람이 수만 명씩 굶어 죽는다는구려. 빠안한 이치지 뭐.

위선 먹기는 곶감이 달다고 그 지랄들을 했다가 잘코사니야!

아 그런데 그 못된 놈의 풍습이 삽시간에 동서양 각국 안 간 데 없이 퍼져가지굴랑 한동안 내지에도 마구 굉장히 드세게 돌아다녔고 내지가 그러니까 멋도 모르는 죄선 영감상들도 덩달아서 그 숭내를 냈다나요.

그렇지만 시방은 그새 나라에서 엄하게 밝히고 금하고 한 덕에 많이 너끔해졌고 그런 마음 먹는 사람은 별반 없다나 봐요.

그럴 게지 글쎄. 아, 해서 좋을 양이면야 나라에선들 왜 금

하며 무슨 원수가 졌다고 붙잡아다가 징역을 살리나요.

좋고 유익한 것이면 나라에서 도리어 장려하고 잘할라치면 상급도 주고 그러잖아요.

활동사진이며 스모며 만자이며 또 왓쇼왓쇼랄지 세이레이 낭아시랄지 라디오 체조랄지 이런 건 다 유익한 것이니까 나라에서 설도도 하고 그러잖아요.

나라라는 게 무언데? 그런 걸 다 잘 분간해서 이럴 건 이러고 저럴 건 저러라고 지시하고 그 덕에 백성들을 제각기 제 분수대루 편안히 살도록 애써주는 게 나라 아니오?

그놈의 것 사회주의만 하더라도 나라에서 금하질 않고 저희가 하는 대로 두어 두었어 보아? 시방쯤 세상이 무엇이 됐을지…….

다른 사람들도 낭패본 사람이 많았겠지만 위선 나만 하더라도 글쎄 어쩔 뻔했어! 아무 일도 다 틀리고 뒤죽박죽이지.

내 이상과 계획은 이렇거든요.

우리집 다이쇼가 나를 자별히 귀애하고 신용을 하니깐 인제 한 십 년만 더 있으면 한밑천 들여서 따로 장사를 시켜줄 눈치거든요.

그러거들랑 그것을 언덕삼아 가지고 나는 삼십 년 동안 예순 살 환갑까지만 장사를 해서 꼭 십만 원을 모을 작정이지요. 십만 원이면 죄선 부자로 쳐도 천석군이니 머, 떵떵거리고 살게 아니라구요?

그리고 우리 다이쇼도 한 말이 있고 하니까 나는 내지인 규수한테로 장가를 들래요. 다이쇼가 다 알아서 얌전한 자리를 골라 중매까지 서 준다고 그랬어요.

내지 여자가 참 좋지요.

나는 죄선 여자는 거저 주어도 싫어요.

구식 여자는 얌전은 해도 무식해서 내지인하고 교제하는 데 안됐고, 신식 여자는 식자가 들었다는 게 건방져서 못쓰고 도무지 그래서 죄선 여자는 신식이고 구식이고 다 제바리여요.

내지 여자가 참 좋지 머. 인물이 개개 일짜로 이쁘겠다, 얌전하겠다, 상냥하겠다, 지식이 있어도 건방지지 않겠다, 좀이나 좋아!

그리고 내지 여자한테 장가만 드는 게 아니라 성명도 내지인 성명으로 갈고, 집도 내지인 집에서 살고, 옷도 내지 옷을 입고 밥도 내지식으로 먹고, 아이들도 내지인 이름을 지어서

내지인 학교에 보내고……

내지인 학교라야지 죄선 학교는 너절해서 아이를 버려 놓기나 꼭 알맞지요.

그리고 나도 죄선말은 싹 걷어치우고 국어만 쓰고요.

이렇게 다 생활법식부터도 내지인처럼 해야만 돈도 내지인처럼 잘 모으게 되거든요.

내 이상이며 계획은 이래서 그 십만 원짜리 큰 부자가 바로 내다뵈고 그리로 난 길이 환하게 트이고 해서 나는 시방 열심으로 길을 가고 있는데 글쎄 그 미쳐 살미 든 놈들이 세상 망쳐버릴 사회주의를 하려 드니 내가 소름이 끼칠 게 아니라구요? 말만 들어도 끔찍하지!

세상이 망해서 뒤집히면 그래 나는 어찌란 말인구? 아무것도 다 허사가 될 테니 그런 억울할 데가 있드람?

머 참 우리 집 다이쇼 말이 일일이 지당해요.

여느 절도나 강도나 사기나 그런 죄는 도적이면 도적을 해 가는 그 당장, 그 돈만 축을 내니까 오히려 죄가 가볍지만, 그 놈의 것 사회주의인지 지랄인지는 온 세상을 뒤죽박죽을 만들어놓고 나라를 통째로 소란하게 하니까 도저히 용서할 수가

없대요.

용서라니! 나 같으면 그런 놈들은 모조리 쓸어다가 마구 그저 그냥…….

그런 일을 생각하면 털어놓고 말이지 우리 아저씬가 그 양반도 여간 불측스러 뵈질 않아요. 사실 아주머니만 아니면 내가 무슨 천주학이라고, 나쁜 병까지 않는 그 양반을 찾아다니나요. 죽는대도 코도 안 풀어 붙일걸.

그러나마 전자의 죄상을 다 회개를 하고 못된 마음은 씻어버렸을 새 말이지, 머 흰 개 꼬리 삼 년이라더냐, 종시 그 모양일걸요.

그러니깐 그가 밉살머리스러워서, 더러 들렀다가 혹시 마주 앉아도 위정 뼈끝 저린 소리나 내쏘아주고 말을 따잡아가지굴랑 꼼짝 못하게시리 몰아세주곤 하지요.

저번에도 한번 혼을 단단히 내주었지요. 아, 그랬더니 아주머니더러 한다는 소리가, 그 녀석 사람 버렸더라고, 아무짝에도 못쓰게 길이 들었더라고 그러더라나요.

내 원, 그 소리 듣고 하도 어처구니가 없어서!

대체 사람도 유만부동이지 그 아저씨가 날더러 사람 버렸느

니 아무짝에도 못쓰게 길이 들었느니 하더라니, 원 입이 몇 개나 되면 그런 소리가 나오는 구멍도 있누?

죄선 벙어리가 다 말을 해도 나 같으면 할 말 없겠더구먼서도, 하면 다 말인 줄 아나 봐?

이를테면 그게 명색 훈계 비슷한 거렸다? 내게다가 맞대놓고 그런 소리를 하다가는 되잡혀서 혼이 날 테니까 슬며시 아주머니더러 이르란 요량이던 게지?

기가 막혀서…… 하느님이 사람의 콧구멍 두 개로 마련하기 참 다행이야.

글쎄 아무려면 내가 자기처럼 다 공부는 못하고 남의 집 고조 노릇으로 반또(番頭) 노릇으로 이렇게 굴러먹을 값이, 이래 보여도 표창을 두 번이나 받은 모범 점원이요, 남들이 똑똑하고 재주 있고 얌전하다고 칭찬이 놀랍고 앞길이 환히 트인 유망한 청년인데 그래 자기 눈에는 내가 버린 놈이고 아무짝에도 못쓰게 길이 든 놈으로 보였단 말이지?

하하, 오옳지! 거 참 그렇겠군. 자기는 자기 하는 짓이 옳으니까 나의 하는 짓은 다 글렀단 말이렷다?

그러니까 나도 자기처럼 그놈의 것 사회주의인지 급살 맞을

것인지나 하다가 징역이나 살고 전과자나 되고 폐병이나 앓고 다 그랬더라면 사람 버리지도 않고 아무짝에도 못쓰게 길든 놈도 아니고 그럴 뻔했군그래!

흥! 참……

제 밑 구린 줄 모르고서 남더러 어쩌구 저쩌구 한다는 게 꼭 우리 아저씨 그 양반을 두고 이른 말인가 봐.

그날도 실상 이랬더라우. 혼을 내주었더니 아주머니더러 그런 소리를 하더란 그날 말이요.

그날이 마침 내가 쉬는 날이길래 아주머니더러 할 이야기도 있고 해서 아침결에 좀 들렀더니 아주머니는 남의 혼인집으로 바느질을 해주러 갔다고 없고, 아저씨 양반만 여전히 아랫목에 가서 드러누웠어요.

그런데 보니깐 어디서 모두 뒤져냈는지 머리맡에다가 헌 언문 잡지를 수북이 쌓아 놓고는 그걸 뒤져요.

그래 나도 심심 삼아 한 권 집어 들고 떠들어 보았더니 뭐 읽을 맛이 나야지요.

대체 죄선 사람들은 잡지 하나를 해도 어찌 모두 그 꼬락서니로 해 놓는지.

사진도 없지요, 망가(漫畵)도 없지요.

그리고는 맨판 까탈스런 한문 글자로다가 처박아 놓으니 그걸 누구더러 보란 말인고?

더구나 우리 같은 놈은 언문도 그런대로 뜯어보기는 보아도 읽기에 여간만 폐롭지가 않아요.

그러니 어려운 언문하고 까다로운 한문하고를 섞어서 쓴 글을 뜻을 몰라 못 보지요. 언문으로만 쓴 것은 소설 나부랭인데 읽기가 힘이 들 뿐 아니라 또 죄선 사람이 쓴 소설이란 건 재미가 있어야죠. 나는 죄선 신문이나 죄선 잡지하구는 담쌓고 남 된 지 오랜걸요.

잡지야 머 '킹구'나 '쇼넹구라부' 덮어 먹을 잡지가 있나요. 참 좋아요.

한문 글자마다 가나를 달아 놓았으니 어떤 대문을 척 펴 들어도 술술 내리읽고 뜻을 횅하니 알 수가 있지요.

그리고 어떤 대문을 읽어도 유익한 교훈이나 재미나는 소설이지요.

소설 참 재미있어요. 그중에도 기꾸지깡(菊池寬) 소설……어쩌면 그렇게도 아기자기하고도 달콤하고도 재미가 있는지.

그리고 요시가와 에이지(吉川英治), 그의 소설은 진찐바라바라하는 지다이모노(時代物)인데 마구 어깻바람이 나구요.

소설이 모두 그렇게 재미가 있지요, 망가가 많지요, 사진이 많지요, 그리고도 값은 좀 헐하나요. 십오 전이면 바로 그 전달 치를 사볼 수 있고 보고 나서는 오 전에 도루 파는데요.

잡지도 기왕 할려거든 그렇게나 해야지 죄선 사람들은 제엔장 큰소리는 곧잘 하더구만서두 잡지 하나 반반한 거 못 만들어내니!

그날도 글쎄 잡지가 그 꼴이라, 아예 글을 볼 멋도 없고 해서 혹시 망가나 사진이라도 있을까 하고 책장을 후루루 넘기노라니깐 마침 아저씨 이름이 있겠다요! 하도 신통해서 쓰윽 펴 들고 보았더니 제목이 첫 줄은, 경제·사회…… 무엇 어쩌구 잔 주를 달아 놨겠지요.

그것만 보아도 벌써 그럴듯해요. 경제는 아저씨가 대학교에서 경제를 배웠다니까 경제 속은 잘 알 것이고 또 사회는, 그것 역시 사회주의를 했으니까, 그 속도 잘 알 것이고, 그러니까 경제하고 사회주의하고 어떻게 서로 관계가 되는 것이며 어느 편이 옳다는 것이며 그런 소리를 썼을 게 분명해요.

머, 보나 안 보나 빠안하지요. 대학교까지 가설랑 경제를 배우고도 돈 모을 생각은 않고서 사회주의만 하고 다닌 양반이라 경제가 그르고 사회주의가 옳다고 우겨댔을 거니깐요.

아무렇든 아저씨가 쓴 글이라는 게 신기해서 좀 보아볼 양으로 쓰윽 훑어봤지요. 그러나 웬걸 읽어먹을 재주가 있나요.

글자는 아주 어려운 자만 아니면 대강 알기는 알겠는데 붙여보아야 대체 무슨 뜻인지를 알 수가 있어야지요.

속이 상하길래 읽어보자던 건 작파하고서 아저씨를 좀 따잡고 몰아셀 양으로 그 대목을 차악 펴놨지요.

"아저씨?"

"왜 그러니?"

"아저씨가 여기다가 경제 무어라구 쓰구 또, 사회 무어라구 썼는데, 그러면 그게 경제를 하란 뜻이요? 사회주의를 하라는 뜻이요?"

"뭐?"

못 알아듣고 뚜럿뚜럿해요. 자기가 쓰고도 오래돼서 다아 잊어버렸거나 혹시 내가 말을 너무 까다롭게 내기 때문에 섬뻑 대답이 안 나왔거나 그랬겠지요. 그래 다시 조곤조곤 따졌

지요.

"아저씨! 경제란 것은 돈 모아서 부자되라는 거 아니요? 그런데 사회주의란 것은 모아둔 부자 사람의 돈을 뺏어 쓰는 거 아니요?"

"이 애가 시방!"

"아—니, 들어보세요."

"너, 그런 경제학, 그런 사회주의 어디서 배웠니?"

"배우나마나, 경제란 건 돈 많이 벌어서 애껴 쓰구, 나머지 모아두는 게 경제 아니요?"

"그건 보통, 경제한다는 뜻으로 쓰는 경제고, 경제학이니 경제적이니 하는 건 또 다르다."

"다른 게 무어요? 경제는, 돈 모으는 것이고 그러니까 경제학이면 돈 모으는 학문이지요."

"아니란다. 혹시 이재학(理財學)이라면 돈 모으는 학문이라고 해도 근리(近理)할지 모르지만 경제학은 그런 게 아니란다."

"아—니 그렇다면 아저씨 대학교 잘못 다녔소. 경제 못하는 경제학 공부를 오 년이나 했으니 그게 무어란 말이요? 아저

씨가 대학교까지 다니면서 경제 공부를 하구두 왜 돈을 못 모으나 했더니 인제 보니깐 공부를 잘못해서 그랬군요!”

“공부를 잘못했다? 허허. 그랬을는지도 모르겠다. 옳다 네 말이 옳아!”

이거 봐요 글쎄. 담박 꼼짝 못하잖나. 암만 대학교를 다니고, 속에는 육조를 배포했어도 그렇다니깐 글쎄…….

“아저씨?”

“왜 그러니?”

“그러면 아저씨는 대학교를 다니면서 돈 모아 부자되는 경제 공부를 한 게 아니라 모아둔 부자 사람네 돈 뺏어 쓰는 사회주의 공부를 했으니 말이지요…….”

“너는 사회주의가 무얼루 알구서 그러나?”

“내가 그까짓 걸 몰라요?”

한바탕 주욱 설명을 했지요.

내 얼굴만 물끄러미 올려다보고 누웠더니 피쓱 한번 웃어요. 그리고는 그 양반이 하는 소리겠다요.

“그게 사회주의냐? 부랑당이지.”

“아—니, 그럼 아저씨두 사회주의가 부랑당인 줄은 아시는

구려?”

“내가 어째 사회주의가 부랑당이랬니?”

“방금 그리잖았어요?”

“글쎄, 그건 사회주의가 아니라 부랑당이란 그 말이다.”

“거 보시우! 사회주의란 것은 그렇게 날부랑당이어요. 아저씨두 그렇다구 하면서 아니래시요?”

“이 애가 시방 입심 겨름을 하재나!”

이거 봐요. 또 꼼짝 못하지요? 다아 이래요 글쎄…….

“아저씨?”

“왜 그러니?”

“아저씨두 맘 달리 잡수시요.”

“건 어떻게 하는 말이야?”

“걱정 안 되시우?”

“날 같은 사람이 걱정이 무슨 걱정이냐? 나는 네가 걱정이더라.”

“나는 뭐 버젓하게 요량이 있는걸요.”

“어떻게?”

“이만저만한가요!”

또 한바탕 주욱 설명을 했지요. 이야기를 다 듣더니 그 양반 한다는 소리 좀 보아요.

"너두 딱한 사람이다!"

"왜요?"

"……"

"아―니, 어째서 딱하다구 그러시우?"

"……"

"네? 아저씨."

"……"

"아저씨?"

"왜 그래?"

"내가 딱하다구 그러셨지요?"

"아니다. 나 혼자 한 말이다."

"그래두…….."

"이 애?"

"네?"

"사람이란 것은 누구를 물론허구 말이다, 아첨하는 것같이 더러운 게 없느니라."

"아첨이요?"

"저……위로는 제왕, 밑으로는 걸인, 그 모든 사람이 위선 시방 이 제도의 이 세상에서 말이다, 제가끔 제 분수대루 살아가는 데 있어서 말이다, 제 개성을 속여가면서꺼정 생활에다가 아첨하는 것같이 더러운 것이 없고, 그런 사람같이 가련한 사람은 없느니라. 사람이란 건 밥 두 그릇이 하필 밥 한 그릇보다 더 배가 부른 건 아니니까."

"그건 무슨 뜻인데요?"

"네가 일본인 여자와 결혼을 해서 성명까지 갈고 모든 생활 법도를 일본화하겠다는 것이 말이다."

"네, 그게 좋잖아요?"

"그것이 말이다. 진실로 깊은 교양이나 어진 지혜의 판단에서 우러나온 것이라면 그도 모를 노릇이겠지. 그렇지만 나는 보매 네가 그런다는 것은 다른 뜻으로 그러는 것 같다."

"다른 뜻이라니요?"

"네 주인의 비위를 맞추고 이웃의 비위를 맞추고 하자고……."

"그야 물론이지요! 다이쇼의 신용을 받아야 하고, 이웃 내

지인들하구도 좋게 지내야지요. 그래야 할 게 아니겠어요?”

“……”

“아저씨는 아직두 세상 물정을 모르시요. 나이는 나보담 많
구 대학교 공부까지 했어도 일찌감치 고생살이를 한 나만큼
세상 물정은 모릅니다. 시방이 어느 세상인데 그러시우?”

“이 애?”

“네?”

“네가 방금 세상 물정이랬지?”

“네.”

“앞길이 환하니 트였다구 그랬지?”

“네.”

“환갑까지 십만 원 모은다구 그랬지?”

“네.”

“네가 말하려는 세상 물정하구 내가 말하려는 세상 물정하
구 내용이 다르기도 하지만 세상 물정이란 건 그야말로 그리
만만한 게 아니다.”

“네?”

“사람이란 건 제아무리 날구 뛰어도 이 세상에 형적 없이

그러나 세차게 주욱 흘러가는 힘—그게 말하자면 세상 물정이겠는데—결국 그것의 지배하에서 그것을 따라가지, 별수가 없는 거다.”

“네?”

“쉽게 말하면 계획이나 기회를 아무리 억지루 만들어 놓아도 결과가 뜻대루는 안된단 말이다.”

“젠장, 아저씨두…… 요전 ‘킹구’라는 잡지에두 보니까, 나폴레옹이라는 서양 영웅이 그랬답디다. 기회는 제가 만든다구. 그리고 불가능이란 말은 바보의 사전에서나 찾을 글자라구요. 아 자꾸자꾸 계획하구 기회를 만들구 해서 분투 노력해 나가면 이 세상 일 안 되는 일이 어디 있나요? 한 번 실패하거든 갑절 용기를 내가지구 다시 일어서지요. 칠전팔기 모르시오?”

“나폴레옹도 세상 물정에 순응할 때는 성공했어도 그것에 거슬리다가 실패를 했더란다. 너는 칠전팔기해서 성공한 몇 사람만 보았지, 여덟 번 일어섰다가 아홉 번째 가서 영영 쓰러지구는 다시 일지 못한 숱한 사람이 있는 건 모르는구나?”

“그래두 두구 보시우. 나는 천하 없어두 성공하구 말 테

니…… 아저씨는 그래서 더구나 못써요? 일 해보기두 전에 안 될 줄로 낙심 먼저 하구…….”

“하늘은 꼭 올라가 보구래야만 높은 줄 아니?”

원 마지막 가서는 할 소리가 없으니깐 동에도 닿지 않는 비유를 가져다 둘러대는 걸 보아요. 그게 어디 당한 말인구? 안 올라가보면 뭐 하늘 높은 줄 모를 천하 멍텅구리도 있을까? 그만해 두려다가 심심하길래 또 말을 시켰지요.

“아저씨?”

“왜 그래?”

“아저씨는 인제 몸 다아 충실해지면 어떡허실려우?”

“무얼?”

“장차…….”

“장차?”

“어떡허실 작정이세요?”

“작정이 새삼스럽게 무슨 작정이냐?”

“그럼 아저씨는 아무 작정 없이 살아가시우?”

“없기는?”

“있어요?”

"있잖구?"

"무언데요?"

"그새 지내오던 대루……."

"그러면 저 거시키, 무엇이냐 도루 또 그걸……?"

"그렇겠지."

"아저씨?"

"……"

"아저씨?"

"왜 그래?"

"인젠 그만두시우."

"그만두라구?"

"네."

"누가 심심소일루 그리는 줄 아느냐?"

"그러잖구요?"

"……"

"아저씨?"

"……"

"아저씨?"

“왜 그래?”

“아저씨 올에 몇이지요?”

“서른셋.”

“그러니 인제는 그만큼 해두고 맘 잡아서 집안일 할 나이두 아니요?”

“집안일을 해서 무얼 하나?”

“그렇기루 들면 그 짓은 해서 또 무얼 하나요?”

“무얼 하려구 하는 게 아니란다.”

“그럼, 아무 희망이나 목적이 없으면서 그래요?”

“목적? 희망?”

“네.”

“개인의 목적이나 희망은 문제가 다르니까…… 문제가 안 되니까…….”

“원, 그런 법도 있나요?”

“법?”

“그럼요!”

“법이라!……”

“아저씨?”

“……”

“아저씨?”

“왜 그래?”

“아주머니가 고맙잖습디까?”

“고맙지.”

“불쌍하지요?”

“불쌍? 그렇지, 불쌍하다면 불쌍한 사람이지!”

“그런 줄은 아시느만?”

“알지.”

“알면서 그러시우?”

“고생을 낙으로, 그 쓰라린 맛을 씹고 씹고 하면서 그것에서 단맛을 알아내는 사람도 있느니라. 사람도 있는 게 아니라 사람마다 무슨 일에고 진정과 정신을 꼬박 거기다가만 쓰면 그렇게 되는 법이니라. 그러니까 그쯤 되면 그때는 고생이 낙이지. 너희 아주머니만 두고 보더라도 고생이 고생이면서 고생이 아니고 고생하는 게 낙이란다.”

“그렇다고 아저씨는 그걸 다행히만 여기시우?”

“아—니.”

“그러거들랑 아저씨두 아주머니한테 그 은공을 더러는 갚
아야 옳을 게 아니요?”

“글쎄, 은공을 모르는 건 아니지만…….”

“그러니 인제 병이나 확실히 다아 나신 뒤엘라컨…….”

“바빠서 원…….”

글쎄 이 한다는 소리 좀 보지요? 시치미 뚜욱 따고 누워서
바쁘다는군요!

사람 속 차릴 여망 없어요. 그저 어디로 대나 손톱만치도 쓸
모는 없고 남한테 사폐만 끼치고 세상에 해독만 끼칠 사람이
니, 뭐 하루바삐 죽어야 해요. 죽어야 하고 또 죽어서 마땅해
요. 그런데 글쎄 죽지를 않고 꼼지락꼼지락 도로 살아나니 성
화라구는, 내…….

미스터 방

주인과 나그네가 한가지로 술이 거나하니 취하였다. 주인은 미스터 방(方), 나그네는 주인의 고향 사람 백(白)주사.

주인 미스터 방은 술이 거나하여감을 따라, 그러지 않아도 이즈음 의기 자못 양양한 참인데 거기다 술까지 들어간 판이고 보니, 가뜩이나 기운이 불끈불끈 솟고 하늘이 바로 돈짝만 한 것 같은 모양이었다.

"내 참, 뭐, 흰말이 아니라 참, 거칠 것 없어, 거칠 것. 흥, 어느 눔이 아, 어느 눔이 날 뭐라구 허며, 날 괄시헐 눔이 어딨어, 지끔 이 천지에. 흥 참, 어림없지, 어림없어."

누가 옆에서 저를 무어라고를 하며 괄시를 한단 말인지, 공연히 연방 그 툭 나온 눈방울을 부리부리, 왼편으로 삼십 도는 넉넉 삐뚤어진 코를 벌씸벌씸 해가면서 그래쌓는 것이었었다.

"내 참, 이래 봬두, 응, 동양 삼국 물 다 먹어본 방삼(方三)복이우. 청얼(淸語) 뭇허나, 일얼 뭇허나, 영어야 뭐 말할 것두 없구……."

하다가, 생각난 듯이 맥주 컵을 들어 벌컥벌컥 단숨에 다 마신다. 그리고는 시꺼먼 손등으로 입술을 쓱, 손가락으로 김치

쪽을 늘름 한 점, 그러던 버릇이, 미스터 방이요, 신사요, 방선생으로도 불리어지는 시방도, 무심중 절로 나와, 손등으로 입술의 맥주 거품을 쓱 씻고, 손가락으로 나조기 한 점을 집어다 우둑우둑 씹는다.

"술은 참, 맥주가 술입넨다……."

어느 놈이 만일 무어라고 시비를 하거나 괄시를 한다면 당장 그 나조기를 씹듯이 우둑우둑 잡아 씹기라도 할 듯이 괄괄하던 결기가, 그러다 별안간 어디로 가고서 이번엔 맥주 추앙이 나오던 것이다.

"술두 미국 사람네가 문명했죠. 죄선 사람은 안직두 멀었어."

"멀구말구. 아직두 멀었지."

쥐 상호의 대추씨만 한 얼굴에 앙상한 노랑수염 백주사가, 병을 들어 주인의 빈 컵에다 따르면서 그렇게 맞장구를 쳐 보비위를 한다.

"아, 백상두 좀 드슈."

"난 과해."

"괜히 그리셔. 백상 주량을 다아 아는데. 만난 진 오랐어두."

"다아 젊었을 적 말이지, 지금은……."

"올에 참 몇이시지?"

"갑술생 마흔여덟 아닌가!"

"그럼 나버담 열한 살 위시군. 그래두 백상은 안 늙으신 심 야. 허허허허."

"안 늙는 게 다 무언가. 머리 신 걸 보게!"

"건 조백이시지."

백주사는 흔연히 수작을 하면서 내색은 아니하나, 어심엔 미스터 방이 괘씸하기 짝이 없었다.

향리의 예법으로, 십 년 장이면 절하고 뵈어야 한다. 무릎 꿇고 앉아야 하고, 말은 깍듯이 공대를 해야 한다. 그 앞에서 주초(酒草)가 당치 않고, 막 부득이한 경우면 모로 앉아 잔을 마셔야 한다. 그런 것을, 마치 제 연갑 친구나 타관 나그네게 나 하는 것처럼, 백상이니, 술 드슈, 조백이시지 하고 말버릇 이 고약해, 발 개키고 앉아서 정면하고 술을 먹어, 담배 뻐끔 뻐끔 피워, 이런 괘씸할 도리가 없었다.

또 나이도 나이려니와, 문벌이나 지체를 가지고 논한다면, 이건 도저히 용서할 수 없는 일이었다.

이래 보여도 나는 삼대조가 진사를 하였고(그 첩지가 시방도 버젓이 있다) 오대조가 호조판서를 지냈고(족보에 그렇게 분명히 올라 있다) 칠대조가 영의정을 지냈고(역시 족보에 그렇게 분명히 올라 있다) 이런 명문거족의 집안이었다. 또 내 십이촌이 ××군수요, 그 십이촌의 아들이 만주국 ××현 ××촌 촌장이요 하였다. 또 그리고, 시방은 원수의 독립인지 막덕인지 때문에 다 그렇게 되었다지만, 아무튼 두 달 전까지도 어느 놈 그 앞에서 기침 한번 크게 못 하던 백부장—훈팔(八)등에 ××경찰서 경제계 주임이던 백부장의 어르신네 이 백주사가 아닌가. 두 달 전 그때만 같았어도,

'이놈!'

하고 호통을 하여 당장 물고를 내련만, 그 좋은 세상이 어디로 가고 이 지경이란 말인지 몰랐다.

하여튼 그만치나 혼란스런 백주사에다 대면 미스터 방의 근지야 아주 보잘것이 없었다.

미스터 방의 증조가 타관에서 떠들어온 명색 없는 사람이었다. 그 조부가 고을의 아전을 다녔다. 그 아비가 짚신장수였다. 칠십에, 고로롱고로롱, 아직도 살아 있지만, 시방도 짚신

곱게 삼기로 고을에서 첫째가는 방첨지가 바로 그였다. 그리고 이 방삼복이는…….

먹고 자고 꿍꿍 일하고, 자식새끼 만들고 할 줄밖에는 모르는 상일꾼(농부)였었다. 그러나마 삼십을 바라보도록 남의 집 머슴살이로, 이집 저집 살고 다니는 코삐뚤이 삼복이었다. 물론 낫 놓고 기역자도 못 그리는 판무식이었다.

상일꾼일 바엔 남의 세토(貰土:소작) 마지기라도 얻어 제 농사를 짓는 것이 아니라, 삼십을 바라보도록 남의 집 머슴살이만 하고 다니던 코삐뚤이 삼복이가 하루 아침 무슨 생각이 났던지, 돈벌이를 간답시고, 조석이 간데없는 부모에게다 처자식 떠맡기고는 훌쩍 일본으로 떠나버렸다. 그것이 열두 해 전.

떠난 지 칠팔 년을 별반 신통한 벌이도 못 하는지, 돈 한 푼 보내는 싹도 없더니, 하루는 느닷없이 중국 상해에 와 있노라 기별이 전해져왔다. 그리고는 감감 소식이 없다가, 삼 년 만에 푸뜩 고향엘 돌아왔다. 십여 년을, 저의 말마따나 동양 삼국 물 골고루 먹고 다녔으면서, 별로이 때가 벗은 것도 없어 보이고, 행색은 해어진 양복 누더기에 볼 꿰어진 구두짝을 꿰고 들어서는 모양이, 군데군데 김질은 하였으나 빨아 다린 무명 고

의적삼을 입고 고향을 떠날 적보다 차라리 초라한 것 같았다.

늙은 어미 아비와, 젊은 가속이 뼈품으로 버는 것을 얻어먹으며 굶으며 하면서 한 일 년 빈둥거리고 놀더니, 적이 회심이 들었는지, 이번엔 처자식 데리고 서울로 올라왔다.

서울로 올라와서는 현저동 비탈의 다 찌부러진 행랑방을 얻어 살면서, 처음 일 년은 용산 있는 연합군 포로수용소엘 다니며 입에 풀칠을 하였고—이 동안 그는 상해에서 귀로 익힌 토막영어가 조금 더 진보되었고.

다시 일 년이나는, 그것 역시 상해에서 익힌 것을 밑천 삼아 구두 직공으로 구둣방엘 다니며 그럭저럭 살았고. 그러다 일본이 싸움에 지느라고, 구두를 너무 해트러 가죽이 동이 나서, 구둣방이 너나없이 문을 닫는 바람에, 할 수 없이 이번엔 궤짝 한 개 짊어지고 신기료장수로 나서고 말았다.

골목골목 돌아다니며, 혹은 종로 복판의 행길에 가 앉아 신기료장수를 하자니, 자연 서울 온 고향 사람의 눈에 종종 뜨일밖에. 소식이 고향에 퍼지자, 누구 한 사람 칭찬은 없고 저마다 빈정거리는 소리뿐이었다.

"일본으로, 청국으로, 십여 년 타국 바람 쏘이고 온 놈이 겨

우 고거야?”

“부전자전이로구먼. 아범은 짚신장수, 자식은 구두 깁는 장수.”

“아마 신발 명당에다 무덤을 썼든감.”

이렇듯, 근지는 미천하고, 속에 든 것 없고, 가랑이가 찢어지게 가난하고, 생화(生貨)라는 것이 고작 거리에 앉아 오는 사람 가는 사람 해어지고 고린내 나는 구두짝 꿰매어 주고 징 박아주고 닦아주고 하는 천업이고 하던, 그 코삐뚤이 삼복이었었다.

‘흥, 개구리가 올챙이 적을 못 생각한다더니, 발칙한 놈, 고얀 놈.’

백주사는 생각하자니 속으로 이렇게 분개스럽지 않을 수가 없었다.

그러나 일변으로는, 그러던 코삐뚤이 삼복이가 그야말로 선영이 명당엘 들었단 말인지, 무슨 조화를 지녔단 말인지, 불과 몇 달지간에 이렇게 훌륭히 되고, 부자가 되고, 미스터 방인지 구리다방인지가 되고 하여 가지고는, 갖은 호강 다 하며 천하에 무설 것이 없고 기광이 나서 막 이러니, 한편 생각하면 신

기하기도 하고 부럽기도 하고 또한 안타깝기도 하였다.

'사람의 운수란 참 모를 일이야.'

백주사는 속으로 절절히 이렇게 탄복도 아니치 못하였다.

코삐뚤이 삼복의 이 눈부신 발신은, 그러나 백주사가 희한히 여기는 것처럼 무슨 명당 바람이 났다거나 조화를 지녔다거나 그런 신기한 곡절이 있는 바가 아니요, 지극히 간단하고도 수월한 것이었었다. 다못 몸에 지닌 재주 가운데 총기가 좀 좋아서 일찍이 영어 마디나 익힌 것을 잊어버리지 아니하였다는, 일종의 특수조건이 없던 바는 아니지만.

* * *

1945년 8월 15일, 역사적인 날.

이날도 신기료장수 방삼복은 종로의 공원 건너편 응달에 앉아서, 구두 징을 박으면서, 해방의 날을 맞이하였다. 그러나 삼복은 감격한 줄도 기쁜 줄도 모르겠었다. 지나가는 행인이,

서로 모르던 사람끼리면서 덤쑥 서로 껴안고 기뻐하고 눈물을
흘리고 하는 것이, 삼복은 속을 모르겠고 차라리 쑥스러 보일
따름이었다. 몰려 닫는 군중이 오히려 성가시고, 만세 소리가
귀가 아파 이맛살이 지푸려질 지경이었다.

몰려다니고 만세를 부르고 하기에 미쳐 날뛰느라고 정신이
없어, 손님이 없어, 손님이 부적 줄었다.

"우랄질! 독립이 배부른가?"

이렇게 그는 두런거리면서 반감이 솟았다.

이삼 일 지나면서부터야 삼복에게도 삼복에게다운 해방의
혜택이 나누어졌다.

십 전이나 십오 전에 박아주던 징을, 오십 전을 받아도 눈을
부라리는 순사를 볼 수가 없었다. 순사가 없어졌다면야, 활개
를 쳐가면서 무슨 짓을 하여도 상관이 없고 무서울 것이 없던
것이었었다.

"옳아, 그렇다면 독립도 할 만한 건가 보다."

삼복은 징 열 개를 박아주고 오 원을 받아 넣으면서 이렇게
속으로 중얼거리기까지 하였다.

그러나 며칠이 못 가서 삼복은 다시금 해방을 저주하여야

하였다. 삼복이 저 혼자만 돈을 더 받으며, 더 받아 상관이 없는 것이 아니라, 첫째 도가(都家)들이 제 맘대로 재료 값을 올리던 것이었었다. 징, 가죽, 고무, 실 모두가 오 곱 십 곱 비싸졌다. 그러니 신기료장수는 손님한테 아무리 비싸게 받는댔자 재료를 비싼 값으로 사야 하니, 결국 도가만 살찌울 뿐이지 소득은 전과 크게 다를 것이 없었다.

"이런 옘병헐! 그눔에 경제겐 다 어디루 가 뒈졌어. 독립은 우라진다구 독립을 헌담."

석양 때 신기료궤짝 어깨에 멘 채 홧김에 막걸리청으로 들어가, 서너 사발 들이켜고는 그는 이렇게 게걸거렸다.

그럭저럭 구월도 열흘이 되고, 서울거리에는 미국 병정이 꼬마차와 함께 그득히 퍼졌다.

그 미국 병정들이, 거리를 구경하면서 혹은 물건을 사려면서, 말이 서로 통하지를 못하여 답답해하는 양을 보고 삼복은 무릎을 탁 쳤다. 그러나 슬플진저, 땟국과 땀에 찌든 이 누더기를 걸치고는 가망이 없을 말이었다.

'무슨 도리가 없을까?'

반일을 궁리를 하다가 정오 때에야 한 줄기 서광을 얻었다.

총총히 집으로 돌아가, 마누라를 시켜 구두 고치는 연장 일습과 재료 남은 것에다 이불이며 헌 옷가지 해서 한 짐을 동네 아는 가게에다 맡기고는 한 달 기한으로 돈 백 원을 서푼 변으로 취해 오게 하였다.

그 돈 백 원을 가지고 삼복은 흔한 넝마전으로 가서 백 원 돈이 꼭 차는 한도까지에 양복이란 명색 한 벌과 모자를 샀다. 신발은 부득이 안방 사람의 병정구두 사 신은 것을 이다음 창갈이 거저 해주겠다는 조건으로, 닷새만 제 것과 바꾸어 신기로 하였다.

이튿날 아침 느지감치, 새로 장만한 헌 양복 헌 모자에 헌 구두로써 궤짝 멘 신기료장수보다는 제법 말쑥하여진 차림을 차리고 마악 나서려는데, 간밤부터 통통 부어 가지고는 시중도 말대꾸도 잘 아니 하던 애꾸쟁이 마누라가 와락 양복 뒷자락을 움켜쥐고 늘어진다.

“바른 대루 대요.”

“이게 별안간 미쳤나?”

“요 망난아, 반해가지군 이력허구 찾아가는 고년이 어떤 년야? 응?”

"속을 모르거든 밥값을 내지 말랬어, 요 맹추야."

"날 죽이구 가지, 거전 못 가."

"이년아, 너 이랬단, 내 인제 둔 벌문, 증말 첩 얻는다."

"오냐 잘한다. 날 죽여라, 날……."

"아, 이 우라 주리땔 앵길 년이……."

한 주먹 보기 좋게 갈겨 넘어뜨리고는, 찌부러진 오두막집을 나서 종로로 향을 잡았다.

노예도 노에 이전이면 상전을 선택할 자유를 가지는 수도 있다고.

삼복은 종로서 전차를 내려 동쪽으로 천천히 걸으면서 물색을 하였다. 생김새가 맘씨 좋아 보이고, 여느 병정이 아니라 장교쯤 가는 이라야 할 것이었다.

청년회관 앞에서 담뱃대를 사고 있는 하나가, 몸집이 부대하고, 여느 병정은 아닌 듯하고, 얼굴이 사뭇 선량하여 보이는 게 선뜻 마음에 들었다. 구경하는 체하고 넌지시 그 옆으로 가 섰다.

미국 장교는 담뱃대를 집어 들고 기물스러하면서 연방 들여다보다가 값이 얼마냐고,

"하우 머치? 하우 머치?"

하고 묻는다.

담뱃대장수 영감은, 삼십 원이라고 소래기만 지른다.

알아들을 턱이 없어 고개를 깨웃거리면서 다시금 하우 머치만 찾는 것을, 기회 좋을씨고라고, 삼복이가 나직이,

"더티원."

하여주었다.

휙 돌려다보더니,

"오, 캔 유 스피크?"

하면서 사뭇 그러안을 듯이 반가워하는 양이라니. 아스러지도록 손을 잡고 흔드는 데는 질색할 뻔하였다.

직업이 있느냐고 물었다. 방금 실직하였노라고 대답하였다.

그럼, 내 통역이 되어 주겠느냐고 물었다. 그러겠노라고 대답하였다.

이 자리에서 신기료장수 코삐뚤이 삼복이 미스터 방으로 승차를 하여, S라는 미국 주둔군 소위의 통역이 되었다. 주급 십오 불(이백사십 원) 가량의.

거진 매일같이 미스터 방은 S소위를, 낮에는 거리의 구경으

로, 밤이면 계집 있는 술집으로 인도하였다.

한번은 탑골공원의 사리탑을 구경하면서, 얼마나 오랜 것이냐고 S소위가 물었다. 미스터 방은 언젠가, 수천 년 된 것이란 말을 들었기 때문에, 투사우전드 이얼스라고 대답하였다.

또 한번은, 경회루를 구경하면서 무엇 하던 건물이냐고 물었다. 미스터 방은 서슴지 않고,

"킹 드링크 와인 앤드 댄스 앤드 싱, 위드 댄서."

라고 대답하였다. 임금이 기생 데리고 술 마시고, 춤추고 노래 부르고 하던 집이란 뜻이었었다.

내가 보기엔, 조선 여자의 옷이 퍽 아름답고 점잖스럽던데, 어째서 양장들을 하는지 모르겠다고 S소위가 물었다. 미스터 방은, 여자들이 서양 사람한테로 시집을 가고파서 그런다고 대답하였다.

서울역을 비롯하여 거리에 분뇨가 범람한 것을 보고, 혹시 조선 가옥에는 변소가 없느냐고 S소위가 물었다. 미스터 방은, 있기야 집집마다 다 있느니라고 대답하였다.

썩 좋은 조선 그림을 한 장 사고 싶다고 하여서, 문지방 위에다 흔히들 붙이는, 사슴이 불로초를 물고 신선이 앉았고 한

것을 오 원에 한 장 사주었다.

제일 재미있고 유명한 소설이 무엇이냐고 물어서, 『추월색』이라고 대답하였고, 그럼 그것을 한 권 사고 싶다고 하여서, 여러 날 사러 다니다 못해 동네 노마네 집에 치를 이 원에 사주었다. 이 밖에도 미스터 방은 S소위에게 조선을 소개한 공로가 여러 가지로 많으나, 대강은 그러하였다.

그 공로에 정비례해서, 미스터 방은 나날이 훌륭하여져 갔다. 8·15 이전에 어떤 은행의 중역의 사택이라던 지금의 이 집으로, 현저동 그 집에서 옮아오기는 S소위의 통역이 되는 사흘 후였었다. 위아래층을 다, 양식 절반 일본식 절반으로 꾸민 호화스런 저택이었다. 정원엔 때마침 단풍과 가을 화초가 아름다웠고, 연못에선 잉어가 뛰놀고 하였다.

시방 주객이 앉아 술을 마시는 방은, 앞은 노대가 딸리고, 햇볕 잘 들고 밝아서, 여러 방 가운데 제일 좋은 방이었다. 그러나 방 안에는 벽에 그림 한 장 붙어 있는 바 아니요, 방에 알맞은 가구 한 벌 놓여 있는 바 아니요, 단지 방일 따름이어서, 싱겁게 넓기만 하였다. 그렇지만 미스터 방은 실내의 장식 같은 것쯤 그다지 관심할 줄을 아직은 몰랐다.

처음엔 식모를 두었다. 그 다음엔 침모를 두었다. 그 다음엔 손심부름할 계집아이를 두었다.

하루에도 방선생을 찾는 이가 여러 패씩 있었다. 그들의 대개는 자동차를 타고 오고, 인력거짜리도 흔치 않았다. 그렇게 찾아오는 그들은 결단코 빈손으로 오는 법이 드물었다. 좋은 양과자 상자 밑바닥에는 으레 따로이 뿌듯한 봉투가 들었곤 하였다.

미스터 방의, 신기료장수 코삐뚤이 삼복이로부터의 발신 경로란 이렇듯 심히 간단하고 순조로운 것이었었다.

* * *

주인 미스터 방이 백주사의 컵에다 술을 따르려고 병을 집어 들다가,

"오이, 기미코."

하고 아래층으로 대고 부른다.

"심부럼 갔어요."

애꾸쟁이 마누라의 꼬챙이 같은 대답.

"안주 어떻게 됐어?"

"글쎄, 안주 시키러 갔어요."

"중종 있지?"

"……"

층계 밟는 소리가 나더니, 퍼머넌트한 머리가 나오고, 좁디좁은 이마에 이어서 애꾸눈이 나오고, 분 바른 얼굴이 나오고, 원피스 입은 커다란 젖통의 가슴이 나오고, 마지막 비단 양말 신은 두리기둥 같은 두 다리가 나오고 한다.

"서주사가 이거 두구 갑디다."

들고 올라온 각봉투 한 장을 남편에게 건네어 준다.

"어디?"

그러면서 받아 봉을 뜯는다. 소절수 한 장이 나온다. 액면 만 원 짜리다.

미스터 방은 성을 벌컥 내면서,

"겨우 둔 만 원야?"

하고 소절수를 다다미 바닥에다 휙 내던진다.

“내가 알우?”

“우랄질 자식, 어디 보자. 그래 전, 걸 십만 원에 불하 맡아다 백만 원 하난 넹겨 먹을 테문서, 그래 겨우 둔 만 원야? 엠병헐 자식, 내가 엠피(MP)헌테 말 한마디문, 전 어느 지경 갈지 모를 줄 모르구서.”

“정종으루 가져와요?”

“내 말 한마디에 죽을 눔이 살아나구, 살 눔이 죽구 허는 줄을 모르구서. 홍, 이 자식 경 좀 쳐봐라…… 증종 따근허게 데와. 날두 산산허구 허니.”

새로이 안주가 오고, 따끈한 정종으로 술이 몇 잔 더 오락가락하고 나서였다.

백주사는 마침내, 진작부터 벼르던 이야기를 꺼내었다.

* * *

백주사의 아들 백선봉은, 순사 임명장을 받아 쥐면서부터

시작하여 8·15 그 전날까지 칠 년 동안, 세 곳 주재소와 두 곳 경찰서를 전근하여 다니면서, 이백 석 추수의 토지와, 만 원짜리 저금통장과, 만 원어치가 넘는 옷이며 비단과, 역시 만 원어치가 넘는 여편네의 패물과를 장만하였다.

남들은 주린 창자를 졸라맬 때 그의 광에는 옥 같은 정백미가 몇 가마니씩 쌓였고, 반 년 일 년을 남들은 구경도 못 하는 고기와 생선이 끼니마다 상에 오르지 않는 날이 없었다.

××경찰서의 경제계 주임으로 있던 마지막 이 년 동안은 더욱더 호화판이었었다. 8·15 그날 밤, 군중이 그의 집을 습격하였을 때에 쏟아져 나온 물건이 쌀 말고도,

광목 여섯 통

고무신 스물세 켤레

지카다비 여덟 켤레

빨랫비누 세 궤짝

양말 오십 타

정종 열세 병

설탕 한 부대

이렇게 있었더란다. 만 원 어치 여편네의 패물과, 만 원 어

치의 옷감이며 비단과 만 원짜리 저금통장은 그만두고 말이었다.

물건 하나 없이 죄다 빼앗기고, 집과 세간은 조각도 못 쓰게 산산 다 부시고, 백선봉은 팔이 부러지고, 첩은 머리가 절반이나 뽑히고, 겨우겨우 목숨만 살아 본집으로 도망해왔다.

일변 고을에서는 백주사가 자식이 그런 짓을 해서 산 토지를 가지고 동네 사람한테 거만히 굴고, 작인들한테 팔 할 가까운 도지를 받고, 고리대금을 하고 하였대서, 백선봉이 도망해와 눕는 그날 밤, 그의 본집인 백주사의 집을 습격하였다.

집과 세간 죄다 부수고, 백선봉이 보낸 통제배급물자 숱한 것 죄다 빼앗기고, 가족들은 죽을 매를 맞고, 백선봉은 처가로, 백주사는 서울로 각기 피신하여 목숨만 우선 보전하였다.

백주사는 비싼 여관밥을 사먹으면서, 울적히 거리를 오락가락, 어떻게 하면 이 분풀이를 할까, 어떻게 하면 빼앗긴 돈과 물건을 도로 다 찾을까 하고 궁리를 하던 것이나, 아무런 묘책도 없었다.

그러자 오늘은 우연히 이 미스터 방을 만났다. 종로를 지향 없이 거니는데, 지나가던 자동차가 스르르 멈추면서, 서양 사

람과 같이 탔던 신사 양반 하나가 내려서더니, 어쩌다 눈이 마주치자,

"아, 백주사 아니신가요?"

하고 반기는 것이었었다.

자세히 보니, 무어 길바닥에서 신기료장수를 한다던 코삐뚤이 삼복이가 분명하였다.

"자네가, 저, 저, 방, 방…….."

"네, 삼복입니다."

"아, 건데, 자네가…….."

"허, 살 때가 됐답니다."

그리고는 내 집으루 갑시다, 하고 잡아 끄는 대로 끌리어 온 것이었었다.

의표하며, 집하며, 식모에 침모에 계집하인까지 부리면서 사는 것하며, 신수가 훤히 트여 가지고 말도 제법 의젓하여진 것 같은 것이며, 진소위 개천에서 용이 났다고 할 것인지.

옛날의 영화가 꿈이 되고, 일보에 몰락하여 가뜩이나 초상집 개처럼 초라한 자기가 또 한번 어깨가 옴츠러듦을 느끼지 아니치 못하였다. 그런데다 이 녀석이, 언제 적 저라고 무엄스

럽게 굴어 심히 불쾌하였고, 그래서 엔간히 자리를 털고 일어
설 생각이 몇 번이나 나지 아니한 것도 아니었었다. 그러나 참
았다.

보아하니 큰 세도를 부리는 것이 분명하였다. 잘만 하면 그
힘을 빌려, 분풀이와 빼앗긴 재물을 도로 찾을 여망이 있을 듯
싶었다. 분풀이를 하고, 더구나 재물을 도로 찾고 하는 것이라
면야 코삐뚤이 삼복이는 말고, 그보다 더한 놈한테라도 머리
숙이는 것쯤 상관할 바 아니었다.

* * *

"그러니, 여보게 미씨다 방⋯⋯."

있는 말 없는 말 보태 가며 일장 경과 설명을 한 후에, 백주
사는 끝을 맺기를,

"어쨌든지 그놈들을 말이네, 그놈들을 한 놈 넹기지 말구섬
죄다 붙잡아다가 말이네, 괴수놈들 일랑 목을 썰어 죽이구, 다

른 놈들일랑 뼉다구가 부러지두룩 두들겨 주구. 꿇어앉히구
항복받구. 그리구 빼앗긴 것 일일이 도루 다 찾구. 집허구 세
간 쳐부신 것 말끔 다 물리구…… 그렇게만 해준다면, 내, 내,
재산 절반 노나주문세, 절반. 응, 여보게 미쓰다 방.”

“염려 마슈.”

미스터 방은 선뜻 쾌한 대답이었다.

“진정인가?”

“머, 지끔 당장이래두, 내 입 한 번만 떨어진다 치면, 기관총
들멘 엠피가 백 명이구 천 명이구 들끓어 내려가서, 들이 쑥밭
을 만들어 놉니다, 쑥밭을.”

“고마우이!”

백주사는 복수하여지는 광경을 서언히 연상하면서, 미스터
방의 손목을 덤쑥 잡는다.

“백골난망이겠네.”

“놈들을 깡그리 죽여놀 테니, 보슈.”

“자네라면야 어련하겠나.”

“흰말이 아니라 참 이승만 박사두 내 말 한마디면 고만 다
제바리유.”

미스터 방은 그리고는 냉수 그릇을 집어 한 모금 물고 꿀쩍
꿀쩍 양치를 한다. 웬 버릇인지, 하여간 그는 미스터 방이 된
뒤로, 술을 먹으면서 양치하는 버릇이 생겼었다.

양치한 물을 처치하려고 휘휘 둘러보다, 일어서서 노대로
성큼성큼 나간다. 노대는 현관 정통 위 였었다.

미스터 방이 그 걸쭉한 양칫물을 노대 아래로 아낌없이 좍
배앝는 바로 그 순간이었다. 그 순간이 공교롭게도, 마침 그를
찾으러 온 S소위가 현관으로 일단 들어서려다 말고 (미스터
방이 노대로 나오는 기척이 들렸기 때문에) 뒤로 서너 걸음 도
로 물러나,

"헬로."

부르면서 웃는 얼굴을 쳐드는 순간과 그만 일치가 되었
었다.

"에구머니!"

놀라 질겁을 하였으나 이미 배앝아진 양칫물은 퀴퀴한 냄새
와 더불어 백절폭포로 내려 쏟혀, 웃으면서 쳐드는 S소위의 얼
굴 정통에 가 좍르르.

"유 데블!"

이 기급할 자식이라고, S소위는 주먹질을 하면서 고함을 질

렀고. 그 주먹이 쳐든 채 그대로 있다가, 일변 허둥지둥 버선

발로 뛰쳐나와 손바닥을 싹싹 비비는 미스터 방의 턱을,

　“상놈의 자식!”

하면서 철컥, 어퍼컷으로 한 대 갈겼더라고.

시대의 어둠을
풍자로 베다

한국 근대 문학사에서 채만식이라는 이름은 독특한 위치를 점한다. 그는 식민지 지식인의 무력감을 뼛속 깊이 체험한 인물이었으나, 그것을 눈물 젖은 센티멘털리즘으로 표출하기보다는 냉소적인 웃음과 날카로운 풍자로 승화시켰다. 그는 몰락하는 봉건 사회의 끝자락과 이식된 자본주의의 폭력이 충돌하는 지점에서 태어났으며, 그 혼란스러운 시대의 모순을 온몸으로 받아내며 글을 썼다. 친일이라는 씻을 수 없는 오점을 남겼음에도 불구하고, 해방 후 스스로를 '민족의 죄인'이라 칭하며 문학적 할복을 시도했던 그의 생애는 한국 근현대 지식인 사회의 명암을 가장 극명하게 보여주는 텍스트 그 자체다.

1. 부농의 아들, 식민지의 현실에 눈뜨다

1) 임피의 도련님과 기우는 가세

1902년 7월 21일, 전라북도 임피군 군내면 동상리(현 군산시 임피면). 채만식은 부농 채규섭의 5남 1녀 중 다섯째 아들로 태어났다. 당시 그의 집안은 꽤 넉넉한 살림을 자랑했다. 부친은 구한말의 혼란기 속에서도 토지를 지켜낸 유지였고, 채만식은 유복한 환경에서 서당 교육을 받으며 성장했다. 하지만 그가 자라던 시기는 조선이 식민지로 전락해가던 암흑기였고, 동시에 봉건적 질서가 무너지고 근대적 교육 열풍이 불던 개화기였다. 임피보통학교를 졸업하고 서울의 중앙고등보통학교(현 중앙고)에 진학했을 때, 그는 이미 문학에 대한 막연한 동경을 품고 있었다. 하지만 집안의 분위기는 여전히 보수적이었다. 1920년, 18세의 나이에 부친의 강권으로 전주 류씨와 혼인하게 된 사건은 그의 인생에 첫 번째 굴레가 된다. 신식 교육을 받고 근대적 자아에 눈뜨기 시작한 청년 채만식에게, 얼굴도 모른 채 맺어진 구식 여성과의 조혼은 견디기 힘든 전근대적 구속이었다. 이는 훗날 그가 가족을 부양해야 한다는 의무감과, 자유로운 예술혼 사이에서 평생토록 갈등하게 만드는 원초적 배경이 된다.

2) 와세다의 중퇴생, 문학을 품다

중앙고보를 졸업한 그는 1922년 일본 유학길에 오른다. 그가 선택한 곳은 와세다대학 고등학원 문과였다. 와세다는 당시 조선의 엘리트들이 집결하던 곳이자, 사회주의 사상과 영문학 등 서구의 최신 조류가 쏟아져 들어오던 지적 용광로였다. 이곳에서 그는 영문학, 특히 아일랜드의 극작가 존 밀링턴 싱(J.M. Synge) 등의 작품을 접하며 문학적 감수성을 키웠다. 싱의 작품에 나타난 토속적 언어와 하층민에 대한 리얼리티는 훗날 채만식이 구사하는 생생한 사투리와 민중적 정서에 깊은 영향을 미쳤을 것으로 추정된다. 그러나 그의 유학 생활은 오래가지 못했다. 1923년 9월, 일본 간토(관동) 대지진이 발생하며 사회적 혼란이 극에 달했고, 무엇보다 고향 집의 가세가 급격히 기울기 시작했다. 식민지 수탈 정책과 부친의 사업 실패 등이 겹치면서 학비를 댈 수 없는 처지가 된 것이다. 결국 그는 1년 만에 학업을 중단하고 귀국해야 했다. '중퇴생'이라는 꼬리

표와 경제적 몰락은 엘리트 의식과 현실적 빈곤 사이의 괴리를 낳았고, 이는 그의 초기 소설에 등장하는 '고등 룸펜(실업자)' 캐릭터들의 원형이 된다.

2. 기자 생활과 동반자 작가로서의 모색

1) 펜과 밥벌이 사이에서

귀국 후 그는 동아일보, 조선일보, 개벽사 등 당대 최고의 언론사들을 거치며 기자로 활동했다. 기자 생활은 그에게 두 가지 큰 자산을 남겼다. 하나는 식민지 조선의 구석구석을 누비며 취재한 생생한 현실 감각이었고, 다른 하나는 밥벌이의 고단함이었다. 그는 기자의 눈으로 사회의 부조리를 목격했고, 작가의 가슴으로 그것을 형상화하고 싶어 했다. 1924년 단편『세 길로』로 조선문단에 등단하며 본격적인 작가의 길을 걷기 시작한 그는 초기에는 '동반자 작가'의 성향을 보였다. 동반자 작가란 카프(KAPF: 조선프롤레타리아예술가동맹)에 직접 가입하지는 않았으나, 그들의 경향성(계급주의, 반제국주의)에 심정적으로 동조하는 작가들을 일컫는다. 그는 식민지 수탈 구조와 빈궁 문제에 깊은 관심을 가졌으나, 카프의 맹목적인 이념 추종이나 도식적인 선동 문학에는 거부감을 느꼈다. 그는 이념보다 '생활'이 먼저라고 생각했다. 1936년, 그는 전업 작가가 되기 위해 기자직을 사임한다. 이는 안정적인 월급을 포기하는 무모한 결정이었으나, 역설적으로 한국 문학사에는 축복이 되었다.

2) 레디메이드 인생의 절규

1934년 발표한 단편『레디메이드 인생』은 이 시기 그의 문학적 정체성을 가장 잘 보여주는 작품이다. 주인공 'P'는 고등 교육을 받았으나 취직을 하지 못한 채, "인텔리겐차는 레디메이드(기성품) 인생"이라고 자조한다. 결국 아들을 인쇄소 직공으로 취직시키며 "너는 나처럼 살지 말라"라고 뇌까리는 마지막 장면은, 식민지 지식인 사회의 허위의식과 구조적 모순을 통렬하게 고발한 명장면이다. 이 작품을 기점으로 채만식은 단순한 현실 고발을 넘어, 냉소와 풍자를 무기로 삼는 자신만의 독보적인 스타일을 구축하기 시작한다.

3. 어둠의 터널: 친일의 늪과 훼절

1940년대, 태평양 전쟁이 발발하고 일제의 탄압은 극한으로 치달았다. 한글 신문과 잡지가 폐간되고, 창씨개명이 강요되었으며, 문인들에게는 '황도 문학'을 쓰라는 압박이 가해졌다. 채만식도 이 광풍을 피하지 못했다. 1942년 독서회 사건에 연루되어 조사를 받으면서 그는 심리적으로 크게 위축되었고, 결국 생존을 위해 체제에 순응하는 길을 택한다. 그는 조선문인보국회에 가입하여 전선을 시찰하고 강연을 다녔다. 『여인전기』, 『아름다운 새벽』 등의 작품을 통해 일제의 징병과 징용을 미화하거나, 내선일체 논리를 옹호하는 글을 썼다. 특히 단편 『치숙』에서 보여주었던 그 날카로운 풍자의 칼날이, 이 시기에는 무뎌지거나 방향을 잃은 채 체제 선전의 도구로 전락하고 말았다. 이는 그를 아끼던 독자들과 후배 문인들에게 큰 충격과 배신감을 안겨주었다. '지조'보다는 '생활'이 중요했던 가장으로서의 고뇌, 혹은 더 이상 도망칠 곳 없는 식민지 지식인의 나약함이 빚어낸 비극이었다.

4. 해방 이후: 참회와 "민족의 죄인"

1945년 해방이 찾아왔다. 어제까지 천황 만세를 외치던 문인들이 하루아침에 애국자로 돌변하여 광복을 찬양했다. 하지만 채만식은 달랐다. 그는 침묵하거나 변명하는 대신, 자신의 치부를 드러내는 길을 택했다. 1948년 발표한 중편 소설 『민족의 죄인』은 한국 문학사에서 유례를 찾기 힘든 '자기 비판 소설'이다. 그는 이 작품에서 주인공을 통해 자신의 친일 행적을 낱낱이 고백한다. "나는 밥을 위해, 살기 위해 일제에 협력했다"는 그의 고백은 비겁했지만 솔직했다. 그는 자신을 윤동주처럼 저항하다 죽은 투사가 아님을 인정했고, 그렇다고 이광수처럼 민족을 위해 어쩔 수 없었다는 거창한 논리로 포장하지도 않았다. 그는 스스로를 '죄인'으로 규정함으로써, 역설적으로 작가로서의 최소한의 양심을 지키려 했다.

5. 비극적 가족사

그의 문학적 열정 뒤에는 비극적인 가족사가 자리한다. 첫 번째 부인 은선흥과는 사랑 없는 결혼 생활 끝에 사실상 별거하며, 두 아들 중 장남 무열은 요절한다. 이후 신여성 김씨영과 동거하며 세 자녀를 두지만, 그가 폐결핵으로 사망하고 한국전쟁이 발발하면서 가족은 뿔뿔이 흩어진다. 장남 채병훈은 범죄의 늪에 빠져 전과자가 되는 기구한 삶을 살고, 딸 채영실은 비구니가 되어 속세와 인연을 끊는다.

6. 쓸쓸한 퇴장과 미완의 유산

말년의 채만식은 처절하게 가난했다. 1948년, 그는 장편 『탁류』의 재판 인세 등으로 이리(익산)에 생애 처음으로 기와집을 장만하고 감격해했다. 평생 셋방살이를 전전하던 그에게 '내 집'은 너무나 거룩한 성취였다. 그러나 그 기쁨은 1년 2개월을 넘기지 못했다. 생활고와 병원비를 감당할 수 없어 집을 팔고 다시 초가집으로 나앉아야 했다. 오랫동안 그를 괴롭혀온 폐결핵은 급격히 악화되었다. 각혈이 멈추지 않는 상황에서도 그는 글을 쓰려 했다. 죽음을 목전에 둔 그는 후배 문인에게 편지를 보내 "원고지 20권만 보내 달라. 죽을 때 머리맡에 원고지라도 수북이 쌓아 놓고 싶다"라고 호소했다. 이는 평생 종이와 잉크 살 돈을 걱정하며 글을 써야 했던 가난한 작가의 뼈아픈 유언이었다. 1950년 6월 11일, 한국전쟁이 발발하기 정확히 2주 전, 채만식은 향년 48세의 나이로 눈을 감았다. 그는 "나를 널 위에 눕히고 들꽃으로 덮어 화장해 달라"라는 말을 남겼다. 그의 죽음과 함께 한국 문학의 한 시대도 저물었다.

탁류 속을 흐르는
풍자와 해학

1. 언어의 마술사

방언의 미학과 다작의 힘 채만식은 김유정과 더불어 당대 신식 교육을 받은 도시 지식인임에도 불구하고 토속적인 언어 감각이 탁월한 작가로 평가받는다. 그의 작품 세계에서 가장 두드러지는 특징 중 하나는 바로 사투리의 자유로운 구사이다. 그는 제주도 사투리를 제외한 전국 8도의 사투리를 작품 속에 능수능란하게 녹여낸다. 김유정이 요절하여 30여 편의 작품만을 남긴 것과 달리, 채만식은 40대 후반에 생을 마감했음에도 불구하고 소설, 희곡, 동화, 수필, 평론 등 200여 편에 달하는 방대한 작품을 남긴다. 이처럼 방대한 작품 양과 그 안에서 넘나드는 다채로운 사투리의 향연은 후대 연구자들이 그의 전집을 엮어내는 데 큰 어려움을 겪게 만들 정도로 압도적이다. 또한 그는 '서동산'이라는 가명으로 한국 최초의 근대적 장편 추리 소설인 『염마』를 발표하며 장르적 실험을 시도하기도 한다.

2. 형식의 파괴와 실험

대화소설 채만식의 문학적 실험 정신은 '대화소설'이라는 독특한 형식에서 정점을 찍는다. 대화소설은 일반적인 소설과 달리 지문이 전혀 없이 오로지 등장인물 간의 대화로만 이루어진다. 희곡과 유사해 보이지만, 인물, 시대, 장소에 대한 구체적인 제시가 없고 막이나 장의 구분, 무대 지시문조차 존재하지 않는다는 점에서 희곡과도 구별된다. 예를 들어 그의 작품 『조그마한 기업가』에서는 '점잖은 사람'과 '지주'의 대화만으로 소작료 문제와 농촌의 피폐한 현실을 적나라하게 드러낸다. "명년에는 자네 논이나 몇 말지기 부치게 해주게"라는 점잖은 사람의 청탁과, "내 논 가지고 내 마음대로 작인을 옮기는데 누가 말썽이야?"라고 대꾸하는 지주의 대화는 소위 대본소설과 비슷한 문체를 띠며, 당시 지주 계급의 횡포와 농촌 사회의 구조적 모순을 생생하게 전달한다. 이러한 형식은 독자가 텍스트의 행간을 스스로 읽어내고 상황을 상상하게 만드는 효과를 낳는다.

3. 비평적 쟁점

친일과 문학 사이의 논쟁 채만식의 문학적 성취와 친일 행적은 학계에서 치열한 논쟁의 대상이 된다. 연세대학교 최유찬 교수는 저서 『문학의 모험』에서 채만식이 자신의 친일 행위를 인정하고 뉘우쳤다는 점을 높이 평가한다. 그는 채만식이 에세이 『문학과 전체주의』에서 언급한 불면증 이야기를 '빛과 어둠의 알레고리'로 해석하며, 당대 현실을 암흑으로 인식한 작가의 고뇌를 읽어내려 한다. 그러나 이에 대해 채만식이 실제로 불면증 때문에 포도주를 마셨다는 사실이 널리 알려져 있다며 최유찬의 해석이 과도하다는 반론도 존재한다. 또

한 최유찬은 김재용의 『협력과 저항』을 인용하며 채만식의 친일 논리를 분석하지만, 이 과정에서 논리적 왜곡이 있다는 지적을 받는다. 김재용은 채만식이 왕정위의 신남경정부 수립을 계기로 '멸사봉공'의 논리에 경도되었다고 보지만, 해방 후작인 『민족의 죄인』에서는 근대성에 대한 근본적인 반성이 결여되어 있다고 비판한다. 최유찬은 이러한 김재용의 논리를 비판하며 채만식을 옹호하려 하지만, 결과적으로 채만식을 다시 민족주의 담론 안에 가두는 한계를 보인다는 비판을 받는다. 이러한 논쟁은 채만식 문학이 지닌 복합성과 그가 한국 문학사에서 차지하는 위치의 특수성을 보여준다.

4. 삶의 태도가 투영된 문학

불란서 백작과 미식가 채만식의 문학은 그의 개인적인 기질과 생활 태도와도 밀접하게 연결된다. 그는 평소 프랑스 문학 작품 속 백작의 모습을 동경하여 감색 외투와 중절모를 고수하며 '불란서 백작'이라는 별명으로 불린다. 가난 속에서도 품위를 잃지 않으려는 그의 이러한 성향은 현실의 비루함을 정신적 꼿꼿함으로 버티려는 태도로 읽힐 수 있다. 또한 그는 극심한 가난 속에서도 밥상에 고기 반찬을 올릴 정도로 육식을 즐기는 미식가이다. 지인들로부터 '채(菜)만식이 아니라 육(肉)만식'이라는 농담을 들을 정도였던 그의 식도락 취향은 작품 속에 상세한 음식 묘사로 나타난다. 심지어 그는 먹는 '산적'을 소재로 소설 한 편을 쓸 정도로 음식에 대한 남다른 애착을 문학적으로 승화시킨다.

5. 상처 입은 리얼리스트의 초상

채만식의 삶은 모순덩어리였다. 부농의 아들이었으나 빈민으로 죽었고, 민족
의 현실을 아파했으나 친일의 길을 걸었으며, 누구보다 날카로운 이성을 가졌
으나 허영심 많은 낭만주의자였다. 그러나 바로 이 모순이 그의 문학을 위대
하게 만들었다. 그는 자신이 발 딛고 선 땅의 진흙탕 싸움을 외면하지 않고, 그
속에서 뒹구는 인간들의 비루함과 욕망을 있는 그대로 그려냈다. 그의 작품에
나타난 풍자는 단순히 웃음을 유발하는 장치가 아니었다. 그것은 암울한 시대
를 견디게 하는 눈물 섞인 해학이었고, 부조리한 세상을 향해 던지는 약자들
의 소심하지만 끈질긴 복수였다. 친일이라는 과오가 그의 문학적 성취를 완전
히 덮을 수는 없다. 그는 자신의 죄를 문학으로 고백하고 반성한 드문 작가였
기 때문이다. 오늘날 군산 금강 하구에 서 있는 채만식 문학관은, 탁류처럼 흐
렸던 시대를 온몸으로 건너야 했던 한 '상처 입은 리얼리스트'의 치열했던 삶
을 묵묵히 증언하고 있다.

6. 결론: 한국 문학사에 남긴 발자취

오늘날 전라북도 군산시는 채만식 탄생 100주년을 기념하여 '채만식 문학상'
을 제정하고 그의 작가 정신을 기린다. 비록 2005년에 친일 논란으로 시상이
중단되기도 했으나, 그의 문학이 지닌 가치와 무게감은 유효하다. 식민지 시대
의 어두운 현실을 풍자와 해학으로 꿰뚫고, 자신의 과오를 처절하게 반성하며,
마지막 순간까지 펜을 놓지 않았던 채만식. 그의 작품들은 시대를 초월하여 한
국 사회의 모순을 비추는 거울로서 여전히 우리 곁에 살아 숨 쉬고 있다.

한국 문학 필사 05

채만식을 쓰다

초판 1쇄   2026년 3월 12일

지은이   채만식

발행인   유철상
편집   성도연
디자인   주인지
마케팅   조종삼

펴낸곳   블랙에디션
출판등록   2009년 9월 22일(제305-2010-02호)
주소   서울특별시 동대문구 왕산로28길 37, 2층
전화   02-963-9891(편집), 070-8854-9915(마케팅)
팩스   02-963-9892
전자우편   sangsang9892@gmail.com
홈페이지   www.esangsang.co.kr
블로그   blog.naver.com/sangsang_pub
인쇄   다라니
종이   ㈜월드페이퍼

ISBN 979-11-6782-236-9 (04810)
ISBN 979-11-6782-228-4 (세트)